Claudia Piñeiro

Ganz die Deine

AF196523

Zu diesem Buch

Jede Frau wird unweigerlich irgendwann von ihrem Mann betrogen, davon ist Inés, perfekte Ehefrau und Mutter, überzeugt. Deshalb ist sie auch nicht überrascht, als sie in der Aktentasche ihres Mannes Ernesto ein Zettelchen findet mit einem Herz aus Lippenstift, unterschrieben mit »Ganz die Deine«. Als sie Ernesto an einem regnerischen Winterabend heimlich folgt, wird sie Zeugin eines heftigen Streits zwischen ihm und einer Frau. Die Frau stürzt, Ernesto versenkt sie im nahegelegenen See: Die Geliebte ist aus dem Weg geräumt. Inés verhilft ihrem Mann zu einem Alibi, schließlich verbindet Hass genauso sehr wie Liebe. Doch der undankbare Ernesto denkt gar nicht daran, seine außerehelichen Aktivitäten aufzugeben. Nun beginnt Inés einen Rachefeldzug, von dem es kein Zurück mehr gibt.

»Eine düstere Version der ›Desperate Housewives‹. Das Vorstadtidyll wird gnadenlos auseinandergenommen.« WDR 2

Die Autorin

Claudia Piñeiro (*1960 in Buenos Aires) ist eine der erfolgreichsten Autorinnen Argentiniens. Nach dem Wirtschaftsstudium arbeitete sie als Journalistin, Dramatikerin und Regisseurin. Sie erhielt den Premio Clarín, den LiBeraturpreis und den Premio Hammett und war für den International Booker Prize nominiert.

Im Unionsverlag sind außerdem lieferbar: *Elena weiß Bescheid; Die Donnerstagswitwen; Der Riss; Betibú; Ein Kommunist in Unterhosen; Ein wenig Glück; Der Privatsekretär; Wer nicht?; Kathedralen* und *Die Zeit der Fliegen.*

Der Übersetzer

Peter Kultzen (*1962) studierte Romanistik und Germanistik in München, Salamanca, Madrid und Berlin. Er lebt als freier Lektor und Übersetzer spanisch- und portugiesischsprachiger Literatur in Berlin.

Mehr über die Autorin und ihr Werk auf *www.unionsverlag.com*

Claudia Piñeiro

Ganz die Deine

Roman

Aus dem Spanischen
von Peter Kultzen

Unionsverlag

Die Originalausgabe erschien 2003 unter dem Titel *Tuya*
bei Ediciones Colihue, Buenos Aires.

Im Internet
Aktuelle Informationen, Dokumente und Materialien
zu Claudia Piñeiro und diesem Buch
www.unionsverlag.com

Unionsverlag Taschenbuch 1033
© by Claudia Piñeiro 2003
c/o Schavelzon Graham Agencia Literaria
www.schavelzongraham.com
Originaltitel: Tuya (2003)
© by Unionsverlag 2025
Neptunstrasse 20, CH-8032 Zürich
Telefon +41 44 283 20 00
mail@unionsverlag.ch
Die erste Ausgabe dieses Werks im Unionsverlag erschien 2008
Reihengestaltung: Heinz Unternährer
Umschlagmotiv: Lippenstift – Irina Morgunova; Einschussloch –
Oleh Malshakov (beide Alamy Stock Photo)
Umschlaggestaltung: Sven Schrape
Druck und Bindung: CPI – Clausen & Bosse, Leck
www.unionsverlag.com/produktsicherheit
ISBN 978-3-293-71033-7

Der Unionsverlag wird vom Bundesamt für Kultur mit einem
Verlagsförderungs-Strukturbeitrag für die Jahre 2021–2025 unterstützt.

Auch als E-Book erhältlich

1

Ernesto hatte damals schon über einen Monat nicht mehr mit mir geschlafen. Vielleicht sogar zwei. Keine Ahnung. Allzu viel lag mir auch nicht daran. Ich bin abends immer hundemüde. Kaum zu glauben, aber einen wirklich perfekten Haushalt zu führen, kann ganz schön anstrengend sein. Was mich betrifft, ich strecke nach einem solchen Tag am liebsten alle viere von mir und schlafe sofort ein. Aber wenn der eigene Mann so lange nichts von einem will, also ich weiß nicht, irgendwas muss da nicht in Ordnung sein. Ich sollte vielleicht einmal mit Ernesto darüber reden, sagte ich mir, ihn fragen, ob etwas ist. Und das hätte ich auch beinahe getan. Aber gleich darauf erinnerte ich mich, wie es Mama seinerzeit ergangen war. Bei ihr war der Schuss damals nach hinten losgegangen. Sie fand Papas Benehmen auch irgendwie komisch und fragte ihn deshalb eines Tages: »Ist irgendetwas, Roberto?« Und er antwortete: »Ob etwas ist? Allerdings, ich kann deinen Anblick nicht mehr ertragen!« Sprachs, knallte die Tür hinter sich zu und verschwand auf Nimmerwiedersehen. Meine arme Mama. Davon abgesehen war mir ohnehin ziemlich klar, was mit Ernesto los war: Tagaus, tagein schuftete er wie verrückt, und jede freie Minute nutzte er für irgendwelche Kurse oder Fortbildungen. Kein Wunder, dass er abends fix und fertig war. Ich beschloss also, ihn in Ruhe zu lassen – hatte ich etwa keine Augen im Kopf und keinen funktionstüchtigen Verstand? Und was sagten mir die? Dass wir eine fantastische Familie waren und eine Tochter hatten, die demnächst die Schule beenden würde, und ein Haus, um das uns so mancher beneidete. Außerdem liebte Ernesto mich, daran konnte kein Zweifel sein. Er sorgte dafür, dass mir nie etwas fehlte. Dieser Gedanke beruhigte mich, und ich sagte mir: »Irgendwann wird er schon wieder Lust auf Sex bekommen. Ich habe doch praktisch alles, da brauche ich mich nicht genau darauf zu fixieren, was ich gerade nicht habe.« Und die Sechzigerjahre sind schließlich auch vorbei: Heute wissen wir, dass Sex nicht alles ist. Mindestens so wichtig, wenn nicht wichtiger, sind die Familie, gemeinsame Interessen, dass man sich gegenseitig schätzt und achtet. So viele Paare verstehen sich im Bett wie die Götter, aber im Alltag halten sie es keine fünf Minuten miteinander aus! Ist doch so. Also bloß nicht wie meine Mama ständig ein Haar in der Suppe suchen.

Kurz darauf fand ich dann allerdings heraus, dass Ernesto mich betrog. Eigentlich war ich bloß auf der Suche nach einem Stift. Da ich nirgendwo einen auftreiben konnte, öffnete ich Ernestos Aktentasche – und was sah ich? Ein Stück Papier, auf das jemand mit Lippenstift ein Herz gemalt hatte; schräg darüber stand »Ich liebe dich«, und unterschrieben war das Ganze mit »Die Deine«. Lächerlicher geht es kaum, aber damals tat es erst einmal ganz schön weh. Am liebsten hätte ich Ernesto den Zettel umgehend unter die Nase gehalten und den Dreckskerl gefragt, was das für eine Schweinerei sein solle. Zum Glück habe ich bis zehn gezählt, tief durchgeatmet und die Sache vorerst auf sich beruhen lassen. Beim Abendessen schaffte ich es nur mit Mühe, mir nichts anmerken zu lassen. Lali hatte einen dieser Tage, an denen, ausgenommen Ernesto, kein Mensch sie ertragen kann. Mir machte es schon lange nichts mehr aus, so war unsere Tochter eben, ich war daran gewöhnt. Ernesto tat sich damit schwerer. Er redete auf sie ein, bekam aber bestenfalls einen Einsilber als Antwort. Meinerseits war ich außerstande, mich auch nur mit einem Wort an der Unterhaltung zu beteiligen: Mit dem, was ich kurz zuvor entdeckt hatte, war ich mehr als bedient. Niemand sollte jedoch etwas davon merken. Normalerweise sorge ich dafür, dass keine größeren Pausen eintreten, wenn das Gespräch bei Tisch ins Stocken gerät. Dafür habe ich ein richtiges Händchen. Um keinerlei Verdacht aufkommen zu lassen, sagte ich also, es gehe mir nicht gut, ich hätte Kopfschmerzen. Ich glaube, die anderen haben mir geglaubt. Und während Ernesto weiter auf Lali einredete, überlegte ich, was ich später zu ihm sagen könnte. Die erste Möglichkeit – ihn zu fragen, was das sein solle – hatte ich ja schon verworfen. Was hätte er auch antworten sollen? Ein Stück Papier mit einem Herzen darauf, dem Satz »Ich liebe dich« und einem Namenszug. Nein, diese Frage war dumm und führte zu nichts. Worauf es ankam, war, ob dieser Zettel ihm etwas bedeutete oder nicht. Denn jede Frau wird unweigerlich irgendwann von ihrem Mann betrogen, so schmerzlich die Erfahrung für sie sein mag. Keine entgeht ihr, das ist genau wie mit den Wechseljahren, früher oder später muss jede Frau da durch. Manche merken allerdings einfach nichts davon. Besser für sie, denn so ändert sich auch an ihrem Leben nichts. Frauen, die sehr wohl etwas merken, fangen dagegen an, sich lauter Fragen zu stellen: Wer ist sie? Was habe ich falsch gemacht? Was soll ich tun, soll ich ihm verzeihen oder nicht? Wie kann ich mich an ihm rächen? Und wenn der Betreffende sich längst wieder von der anderen getrennt hat, hat sich das Ganze im Kopf zu einer derartigen Geschichte ausgewachsen, dass es kein Zurück mehr gibt. Es besteht also das Risiko, die Sache völlig unnötig und unangemessen aufzubauschen. Das wollte ich vermeiden, um bloß nicht den gleichen Fehler zu begehen wie so viele Frauen. Denn eine Frau, die mit Lippenstift ein Herz malt und »Die Deine« darunterschreibt, konnte unmöglich eine größere Rolle im Leben Ernestos spielen. Dafür kannte ich ihn zu gut, so etwas fand er furchtbar. »Er lässt nur mal ein bisschen Dampf ab«, sagte ich mir. Außerdem sind die heutigen Frauen reichlich draufgängerisch. Kaum gefällt ihnen einer, stürzen sie sich auf ihn und lassen nicht locker – wenn er da nicht zugreift, muss er sich ja blöd vorkommen. »Was solls«, dachte ich, »wozu Ernesto in die Enge treiben und attackieren, in einer Woche hat er die Dame ohnehin vergessen.« Oder etwa nicht?

Trotzdem hieß es wachsam bleiben und dafür sorgen, dass die Beziehung sich nicht vertiefte. Ich durchsuchte

also ab sofort regelmäßig Ernestos Hosen- und Jackentaschen, las seine Post, sah seinen Terminkalender durch
und belauschte über den Nebenapparat seine Telefon-
gespräche – all das, was jede Frau in einem solchen Fall
tun würde. Wie erwartet, kam nichts Besonderes dabei
heraus. Die eine oder andere kleine Mitteilung, das war
alles. Dafür kam Ernesto jetzt immer später nach Hause, arbeitete auch am Wochenende und war schließlich
so gut wie nie mehr da. Nur an den Elternabenden zur
Vorbereitung von Lalis Schulabschlussfahrt nahm er teil;
davon abgesehen, machte er sich nicht einmal mehr die
Mühe, Bescheid zu geben, wenn er länger wegblieb. Da
wurde ich schließlich doch nervös, denn sollte er tatsächlich immer mit derselben Frau unterwegs sein, könnte
die Sache ein böses Ende nehmen. Eines Tages bin ich
ihm hinterher. Genau genommen war es ein Dienstag.
Das weiß ich noch, weil wir an dem Tag bei einem weiteren Treffen in Sachen Lalis Reise gewesen waren. Danach
fühlte sich Ernesto nicht gut, was mich nicht wunderte,
denn das mit der Reise nahm er fast schon übertrieben
ernst. Natürlich geht es bei solchen Gelegenheiten ziemlich drunter und drüber, aber ein bisschen sollte man
doch der Erziehung vertrauen, die man seiner Tochter
hat zuteil werden lassen. Was bleibt einem auch anderes
übrig? Aber Ernesto wollte absolut alles unter Kontrolle
haben, ihm schien das Ganze höchst unzureichend vorbereitet. Kaum waren wir zu Hause, schloss Lali sich in
ihrem Zimmer ein, was sie ständig tut. Ernesto und ich

setzten uns in die Küche und aßen zu Abend. Da klingelte das Telefon. Ernesto ging dran. Um diese Uhrzeit rief man eigentlich nicht bei jemandem zu Hause an. Ernesto wurde noch nervöser, als er ohnehin war, fing an, mit seinem Gesprächspartner zu streiten, und ging schließlich ins Wohnzimmer, um dort in Ruhe reden zu können. Ich hob den Hörer in der Küche ab und bekam folgende Worte einer weiblichen Stimme zu hören: »… wenn du nicht sofort kommst, kann ich für nichts garantieren.« Am anderen Ende der Leitung wurde aufgelegt. Ernesto kam in die Küche zurück, bemüht, sich nichts anmerken zu lassen, aber seine Augen glänzten, und seine Mundpartie war verkrampft. »Es gibt ein Problem in der Firma, das Computersystem ist abgestürzt.« – »Reg dich nicht auf. Fahr hin und sieh dir die Sache in Ruhe an, das schaffst du schon, Erni«, sagte ich. Kurz nach ihm verließ ich das Haus, stieg in meinen Wagen und fuhr hinter ihm her. Ich sitze ungern am Steuer, erst recht nicht bei Nacht, aber hier war Gefahr im Verzug. Und ich konnte auch nicht wie im Fernsehen einfach ein Taxi bestellen und dem Fahrer sagen: »Folgen Sie diesem Auto!« Schließlich hatte ich keine Ahnung, was ich zu sehen bekommen würde. Ernesto fuhr zu dem großen Park im Stadtteil Palermo und hielt dort am See. Ich parkte in ungefähr hundert Metern Entfernung und stieg aus. Vorsichtig näherte ich mich dem See und versteckte mich hinter einem Baum. Da kam sie auch schon an, ganz die Seine. Genauer gesagt, Alicia, seine Sekretärin. Nie hätte ich geglaubt, sie könne imstande sein, einem verheirateten Mann einen Zettel mit einem Lippenstift-Herzen und den Worten »Ich liebe dich« zuzustecken. Eigentlich fand ich sie sogar nett. Ein hübsches Mädchen, unaufdringlich; ihr Stil war meinem ganz ähnlich. Sie lief auf Ernesto zu, warf sich ihm an den Hals, wollte ihn küssen, aber er schob sie zur Seite. Er wirkte verärgert. Sie begannen zu streiten. Sie weinte und umarmte ihn, er wurde immer wütender. Und ich immer ruhiger, diese Beziehung lief offensichtlich nicht besonders gut. In den siebzehn Jahren unserer Ehe hatte Ernesto mich niemals so schlecht behandelt. Er wollte aufbrechen, und sie versuchte ihn zurückzuhalten. Er machte sich von ihr los. Sie klammerte sich wieder an ihn, und da stieß er sie schließlich heftig von sich. Unglücklicherweise schlug sie im Fallen mit dem Kopf gegen einen umgestürzten Baumstamm und blieb reglos liegen. Ernesto war völlig außer sich, schüttelte sie, fühlte ihren Puls, versuchte es sogar mit Mund-zu-Mund-Beatmung. Alles umsonst, eine Katastrophe. Ich war ratlos, schließlich konnte ich nicht einfach hinter meinem Baum hervortreten und sagen: »Brauchst du Hilfe, Ernesto?«

Am klügsten war es, erst einmal nach Hause zu fahren.

2

»Hallo … Paula?«

»Ja. Wer ist da?«

»Lali …«

»Ach, du bist es. Ich hab deine Stimme nicht erkannt. Ich bin noch ganz verschlafen.«

»…«

»Du weinst ja.«

»Nein, jetzt nicht mehr. Aber vorhin schon.«

»Hast du mit deinem Vater gesprochen?«

»Nein. Und ich weiß auch nicht, ob ich das tun soll. Hast du gesehen, was für eine Laune der heute hatte?«

»Ja, stimmt schon …«

»Über alles hat er sich aufgeregt.«

»Ist der immer so?«

»Nein, nicht immer. Aber wegen der Reise dreht er völlig durch.«

»Der Ärmste, er macht sich Sorgen.«

»Genau: Wenn wir fliegen, dann weil wir fliegen, und wenn wir mit dem Bus fahren, dann wegen dem Bus.«

»Mädchen: Dein Vater hat Angst, dass du mit einem ins Bett steigst! Der Ärmste.«

»Bist du doof!«

»Ist doch bloß ein Witz. Aber es ist auch witzig, gibs zu …«

»Ich finde es überhaupt nicht witzig.«

»Lach doch mal! Den ganzen Tag heulst du bloß rum.«

»Als ob ich keinen Grund dazu hätte …«

»Okay, schon gut.«

»…«

»Und wenn du mit deiner Mutter sprichst?«

»Null Chance. Meine Mutter existiert für mich nicht.«

»Aber mit irgendwem musst du doch darüber sprechen.«

»…«

»…«

»Ich glaube, ich rufe Iván an.«

»Komm, hör auf, *please*. Das hast du ja schon versucht, und es war der totale Reinfall.«

»…«

»Jetzt wein doch nicht …«

»…«

»Besser, du sprichst mit niemand. Lieber erst nach der Reise, okay?«

»Mein Vater kriegt einen Herzinfarkt!«

»Genau deshalb: Besser, er stirbt erst nach der Reise.«

»Du schaffst es noch und bringst mich zum Lachen …«

»Versprich mir, dass du Iván nicht anrufst.«

»…«

»Los, versprich es mir.«

»Okay. Ciao.«

»Ciao.«

3

Auf dem Rückweg fing es an zu regnen. Besser gesagt, es schüttete nur so. Die Scheibenwischer kamen gar nicht nach mit dem Wischen. Der linke war kurz davor, den Geist aufzugeben. Ich konnte kaum etwas sehen und fluchte lauthals über den Regen. Aber dann begriff ich, dass das Ganze auch sein Gutes hatte. Ich versuche immer, an allem das Positive zu sehen. Im Regen würden die Spuren des Unfalls sich verwischen, was für Ernesto von großem Vorteil wäre – für uns alle.

Ich sah in den Rückspiegel. Die Straße war leer. Was Ernesto wohl in diesem Augenblick machte? Keinesfalls war er zur Polizei gegangen, um zu erzählen, was geschehen war, ausgeschlossen. Wer würde auch freiwillig vor aller Augen seine schmutzige Wäsche waschen? Unfall blieb Unfall. Wäre Ernesto zur Polizei gegangen, hätten die ihm bloß lauter unangenehme Fragen gestellt. Weshalb die Verabredung im Park? Worüber haben Sie gestritten? In welcher Beziehung standen Sie zu der Verstorbenen? Unangenehme Fragen, aber vor allem: Wozu? Schließlich war die Deine mausetot. Und bei Unfällen gibt es keine Schuldigen, sondern bloß Opfer. In diesem Fall zwei Opfer. Einerseits die Tote – sich jetzt noch Sorgen um sie zu machen, war zwecklos –, andererseits Ernesto: Er war durch den Unfall in eine äußerst unbehagliche Lage geraten. Nein, zur Polizei war er bestimmt nicht gegangen. Was geschehen war, war geschehen, und die einzigen zwei – überlebenden – Zeugen des Unglücks waren Ernesto und ich. Beide wussten wir, dass niemanden irgendeine Schuld an dem infrage stehenden Vorfall traf. »Schuld ist Quatsch«, wie mein Papa immer sagte. »Quatschkopf«, erwiderte Mama dann.

Was Ernesto und mich anging: Unsere Pflicht war es, die Sache so schnell wie möglich zu vergessen und nach vorne zu blicken. Das würde ich zu ihm sagen, sobald er mir alles gestanden hätte. Ich war bereits bestens vorbereitet, hatte meinen Auftritt eingeübt. Und er musste schier umkommen vor Verlangen, mir das Ganze zu erzählen. Ich kannte ihn genau! Wir sind zusammen, seit wir neunzehn waren. Wir haben uns immer alles erzählt. Bis auf wenige Ausnahmen, Kleinigkeiten. Sachen, die man lieber nicht sagt, weil man den anderen damit nur verletzen würde. Seinem Partner gegenüber muss man sich umsichtig verhalten, da darf man nie nachlässig werden, sonst geht die Beziehung in die Brüche. Er hatte die Deine bis dahin mit keinem Wort erwähnt, nur zu verständlich, ich bin ihm geradezu dankbar dafür. Wie schon gesagt: Mir gegenüber verhielt er sich immer umsichtig und rücksichtsvoll. Außerdem, er gab damit zu erkennen, dass ich der Sache keine größere Bedeutung beizumessen brauchte. Wäre es wirklich wichtig gewesen, hätte Ernesto es mir ins Gesicht gesagt, er hätte reinen Tisch gemacht und sich von mir getrennt. Er gehört nicht zu den Leuten, die über längere Zeit etwas geheim halten können. Ich auch nicht.

Zu Hause angekommen, fuhr ich in die Garage und trocknete das Auto ab. Wie hätte ich auch erklären sollen, warum es nass war. Mit irgendwelchen Lügengeschichten wollte ich mich nicht aufhalten, von wegen ich hätte plötzlich zur Apotheke gemusst, weil ich so furchtbare Zahnschmerzen gehabt hätte. Und genau an diesem Abend einen plötzlichen Todesfall erfinden wollte ich erst recht nicht. Ich mag es sowieso nicht, mir irgendwelche Märchen auszudenken – man sieht es mir außerdem sofort am Gesicht an.

Ich ging nach oben. Lali schlief. Ein Glück, je weniger sie von dem Hin und Her in dieser Nacht mitbekam, desto besser.

4

»Ja, bitte …«

»…«

»Hallo!«

»Ist Iván da?«

»Wer ist da, bitte?«

»Eine Freundin von ihm.«

»Die Freundinnen meines Sohnes haben normalerweise einen Namen.«

»Laura …«

»Laura … oder Lali …«

»Ja …«

»Iván ist da, aber er kann jetzt nicht drangehen. Er schläft gerade.«

»Ach so …«

»Warte, leg nicht auf! Iván hat mir alles erzählt, weißt du?«

»Nein.«

»Doch. Es tut mir wirklich sehr leid für dich, das, was du gerade durchmachst.«

»…«

»Ich als Frau kann dich verstehen …«

»…«

»Das ist natürlich nicht einfach …«

»…«

»Aber gerade als Frau muss ich dir etwas sagen, du

darfst Iván nicht mehr anrufen. Das ist alles einzig und allein dein Problem ...«

»...«

»Und, weißt du, das sage ich zu Ivi auch immer, klar, du hast es bloß gut gemeint, und natürlich war das ein Unfall, verstehst du?«

»...«

»Andere würden das vielleicht nicht so sehen.«

»...«

»Also, auf jeden Fall, für die Folgen dieses Irrtums musst du selbst aufkommen.«

»...«

»Denn das war ein Irrtum von dir, da verstehen wir uns doch, oder?«

»...«

»Mein Sohn hatte keine Ahnung, dass so etwas dabei passieren könnte. Wenn du es ihm nicht sagst, woher soll er es da wissen?«

»Ich ...«

»Eine Frau muss immer vorher alles klarstellen.«

»...«

»Du und ich, wir wissen doch, dass du dich nicht korrekt verhalten hast, stimmts?«

»Aber ich ...«

»Ich weiß nicht, was deine Eltern dazu sagen werden, ich kenne sie nicht. Und ich will sie auch gar nicht kennenlernen, dass wir uns da nicht falsch verstehen. Aber als Iváns Mutter ist mir völlig klar, wie die Sache abgelaufen ist, und ich möchte, dass du meinen Sohn in Ruhe lässt, verstehst du mich, Schätzchen?«

»…«

»Wenn deine Eltern etwas dazu zu sagen haben, sollen sie mich persönlich anrufen, oder meinen Mann. Denn wenn du oder einer von deiner Familie meinen Sohn weiter belästigt, muss ich euch anzeigen.«

»…«

»Bist du noch dran?«

»Ja, aber ich muss auflegen.«

»Gut, dass du angerufen hast, jetzt ist alles klar zwischen uns, stimmts?«

»Ich muss auflegen.«

»Viel Glück, und versuch nicht noch mal anzurufen!«

»…«

»Ciao, meine Liebe.«

»…«

5

Ich ging in mein Zimmer. Ich hätte alles dafür gegeben, zu erfahren, was Ernesto in diesem Augenblick machte. Die Möglichkeit, dass er zur Polizei gegangen war, hatte ich bereits ausgeschlossen; stattdessen hatte er die Leiche vielleicht inzwischen bis zum See geschleift, um sie darin zu versenken. Das würde demjenigen, dem die Aufgabe zufiel, das – irgendwann ja wohl festgestellte – Verschwinden der Deinen aufzuklären, die Arbeit zusätzlich erschweren: Eine gute Idee! Am liebsten hätte ich Ernesto angerufen und ihm geraten, genau so zu verfahren. Aber das war unmöglich. Er wusste ja nicht, dass auch ich mittlerweile ein Teil dieser Geschichte war. Eine Weile war ich versucht, meine Geburtstagstaktik anzuwenden. Sie besteht in einer Art gelenkten freien Assoziation: »Letzte Nacht habe ich von dir geträumt, Ernesto. Ich habe geträumt, du würdest mir eine weinrote Lederjacke zum Geburtstag schenken, nach der ich ganz verrückt bin. In den Galerías Pacífico gibt es die zu kaufen, im dritten Geschäft im Erdgeschoss, rechts vom Eingang. Das war ein herrlicher Traum. Größe 42.« Aber in diesem Fall hätte ich anrufen und ungefähr Folgendes sagen müssen: »Liebling, entschuldige, dass ich störe, aber ich habe gerade einen furchtbaren Albtraum gehabt. Ich habe gesehen, wie du eine Leiche zum See im Palermo-Park schleifst.« Ein bisschen sehr an den Haaren herbeigezogen, das hätte er gemerkt.

Es hieß also Ruhe bewahren, was mir gar nicht so leicht fiel. Ich gebe zu, ich war ganz schön nervös. Das merkte ich daran, dass ich nicht wusste, was ich tun sollte. Sonst weiß ich immer, was zu tun ist, normalerweise erfasse ich eine Situation sofort. Aber dieses Mal war ich irgendwie verwirrt. Stimmt schon, man erlebt nicht alle Tage, dass vor den eigenen Augen eine Frau getötet wird. Und noch seltener kommt es vor, dass der Auslöser des Todes der eigene Ehemann ist. Aber na ja, »töten« klingt vielleicht ein bisschen übertrieben, nach ausgestrecktem Zeigefinger und pedantischer Lehrerin, die immer alles besser weiß. »Verunglücken« wäre wohl der angemessenere Ausdruck. Oder besser noch »stoßen und unbeabsichtigt den Hals brechen«. Nein, »Hals brechen« klingt nicht besonders vorteilhaft. »Nicht vorsätzlich.« Auf diese Formel stieß ich letzte Woche in einem juristischen Fachwörterbuch, in dem ich nachgeschlagen hatte, um mir Klarheit zu verschaffen. Dass die Deine durch einen »nicht vorsätzlich erfolgten« Stoß gestorben war, klang doch schon ganz anders. Schließlich hatte Ernesto den Baumstamm nicht an die Stelle gelegt, wo die Deine mit dem Kopf aufschlug. Das Schicksal wollte, dass es mit dieser Frau ein solches Ende nahm. Oder Gott. Ich glaube an so was. Und lehne mich nicht dagegen auf. Sondern versuche, die Botschaft dahinter zu erkennen. Denn warum lag diese Frau schließlich mit gebrochenem Hals im Palermo-Park? Sie hätte doch auch an der Seite meines Mannes durchs Recoleta-Viertel spazieren können. Nichts geschieht ohne Grund.

Aber zurück zu meiner Unentschlossenheit. Was den Unfall selbst und die Schuldfrage betraf, war eigentlich alles ziemlich klar. Was ich nicht wusste, war, ob ich Ernesto besser im Bett erwarten sollte – wo ich so getan hätte, als ob ich schliefe – oder im Wohnzimmer, auf dem Sofa sitzend. Denn falls Ernesto nach Hause kam und, davon ging ich aus, unbedingt sofort alles erzählen wollte, würde er, wenn er mich schlafend vorfand, vielleicht nicht den Mut aufbringen, mich zu wecken. Fand er mich aber wach vor, wie hätte ich ihm da erklären sollen, weshalb ich noch nicht im Bett lag und schlief? Schließlich war es schon nach ein Uhr nachts, und normalerweise schlafe ich um zehn Uhr abends wie ein Toter. Wie ein Toter – passender hätte ich es nicht sagen können.

Ich zog mir mein Nachthemd an und legte mich ins Bett. Besonders gut fühlte ich mich nicht dabei. Ich drehte mich hin und her und versuchte zu entspannen. Tief durchatmen und solche Sachen. Zwecklos. Ich stand auf und ging ins Wohnzimmer hinunter. Ich setzte mich in einen Sessel. Draußen regnete es immer stärker. Der Park musste sich in eine einzige Schlammwüste verwandelt haben. Ernesto fuhr währenddessen wahrscheinlich im Auto durch die Gegend und versuchte, einen klaren Kopf zu bekommen. Ich sah ihn vor mir, wie er im strömenden Regen am Lenkrad saß und unser Haus ansteuerte. Da fielen mir die Scheibenwischer wieder ein, die von meinem Auto. Der eine funktionierte nicht mehr richtig, schon vor Monaten hätte ich ihn austauschen sollen. Der linke.

Da sagte ich mir: »Besser, ich nutze die Wartezeit für etwas Sinnvolles.« Und ging in die Garage, um den Scheibenwischer auszutauschen. Ernesto hat immer alle möglichen Ersatzteile parat. Glühbirnen, Zündkerzen und solche Sachen. Ich kenn mich ganz gut mit Reparaturarbeiten aus, aber davon weiß er nichts, Autos sind schließlich Männersache, außerdem hat meine Mama immer gesagt, sobald du einmal einen Dichtungsring wechselst, bist du erledigt, dann halten sie dich für einen Klempnermeister und fassen noch nicht mal mehr einen Schraubenzieher an, selbst wenn das ganze Haus unter Wasser steht. Ich öffnete die Kiste, in der Ernesto Ersatzteile aufbewahrt, und wühlte darin herum. Die Scheibenwischer waren ganz unten. Das heißt, fast ganz unten. Als ich sie hervorzog, entdeckte ich darunter einen Briefumschlag, den ich natürlich sofort öffnete. Ich habe meistens so meine Ahnungen, und auch dieses Mal wusste ich gleich, dass es hier etwas zu entdecken gab. Und was entdeckte ich wohl? Noch mehr Briefe von der Deinen. Unterschrieben mit dem Lippenstift der Deinen. »Wozu braucht es dermaßen viele Scheißbriefe? Haben die sich etwa so viel zu sagen?«, dachte ich. Und was für grauenvolle Briefe. »Dieser Mann ist wirklich ein Vollidiot«, sagte ich mir, »wo im Haus hat er wohl noch überall Spuren seiner Süßen hinterlassen?« Ich ließ die verfluchten Scheibenwischer Scheibenwischer sein und machte mich an eine gründliche Hausdurchsuchung. Ernestos Jackentaschen, Aktenmappe, Schreib- und Nachttischschublade wie auch das Handschuhfach in seinem Auto kontrollierte ich ja schon seit Längerem. Aber auf die Ersatzteilkiste wäre ich im Traum nicht gekommen. Ich durchblätterte seine Bücher, entrollte seine Strümpfe, sah sämtliche Koffer und Taschen durch. Alles, was ich fand, war ein Passfoto von Ernesto, auf dem die Deine ihren Lippenabdruck hinterlassen hatte. In einer Schachtel mit Kondomen. Auf der Rückseite des Fotos stand: »Lass sie uns gemeinsam genießen.« Da begriff ich, weshalb Gott den Stamm dorthin gelegt hatte, wo er lag. Ich tat das Foto und die Kondome zu den Sachen, die ich bei meiner ersten Suchaktion ein paar Wochen davor gefunden hatte. Ich wollte alles verbrennen, noch bevor Ernesto zurück war. Unter den gegebenen Umständen wäre das Risiko zu groß gewesen, dass die Sachen in falsche Hände gelangten. Aber dann – ich weiß selbst nicht, warum – bewahrte ich sie auf. Man weiß ja nie. Bevor ich mein eigenes kleines Bankkonto eröffnete, hatte ich mir in der Garage ein Geheimversteck angelegt. Handwerklich betrachtet ein echtes Meisterstück: Ich hatte einen Ziegelstein gelockert, vorsichtig aus der Wand geholt, der Länge nach geteilt und wieder in die Wand eingefügt – aber natürlich bloß den halben Stein. Dahinter kamen die Geldscheine. Die sind mittlerweile an einem sichereren Platz. »Wer weiß, wozu das Zeug irgendwann noch gut sein könnte«, überlegte ich, während ich das Foto und die Briefchen faltete, damit sie in die Nische passten.

Da kam Ernesto angefahren. Ich duckte mich rasch hinter mein Auto. Das wäre was gewesen, wenn er mich beim Aussteigen in der Garage entdeckt hätte! Er hätte das Gefühl gehabt, ich spioniere ihm hinterher. Besser ließ ich ihn erst einmal in Ruhe ankommen. Später würde er von selbst mit allem rausrücken. Vielleicht einen Whisky oder auch ein paar Streicheleinheiten, falls nötig. Keine Ahnung, irgendwas, was ihn in Stimmung brachte. Und dann die Aussprache, um die Sache ein für alle Mal los zu sein. Ernesto ging aus der Garage, und ich wartete, bis er im Haus war. Ich wusste ganz genau, was jetzt zu tun war: schnell in die Küche huschen und ein bisschen Milch warm machen. Dann zu ihm ins Zimmer, mit den Worten: »Hallo Liebling, ich habe nicht einschlafen können. Alles klar bei dir?«

Bevor ich aus der Garage ging, warf ich einen Blick auf Ernestos Auto. Es war über und über mit Schlamm bespritzt. Mir wurde schlagartig klar, dass ich eine ganze Weile für uns beide würde denken müssen.

6

Fotokopierte Seiten aus *Handbuch der Kriminologie,* gefunden auf dem Nachttisch von Inés Pereyra. Die Anmerkungen Pereyras an den Rändern wie auch in der Fußzeile sind in den hier wiedergegebenen Text eingearbeitet und durch Fettdruck hervorgehoben worden.

Spurensicherung beginnt stets am Tatort sowie in dessen unmittelbarer Umgebung. Die Ermittler entnehmen in jedem Fall eine Bodenprobe, auch wenn diese an und für sich noch kein Beweismittel darstellt: Die heutige Kriminologie verfügt über äußerst exakte Methoden und Techniken, um festzustellen, ob an Kleidung oder Fahrzeug eines Verdächtigen befindliche Partikel demselben Erdreich zugehören wie die am Tatort entnommene Probe. **Achtung: Sofort sämtliche Kleidung reinigen!**

Auch der umgekehrte Prozess ermöglicht, zu verwertbaren Ergebnissen zu gelangen: Besteht nach Festnahme eines Tatverdächtigen Unklarheit hinsichtlich des Tatortes, lassen sich mittels minutiöser Untersuchung von Kleidung, Fahrzeug, Wohnung oder Arbeitsplatz des Verdächtigen eindeutige Rückschlüsse auf ein weiter oder enger eingrenzbares Gebiet ziehen, an dem das Tatopfer – sofern ein solches existiert – aufzufinden sein muss.

Unverzichtbar ist eine genaue Untersuchung des Fahrzeugs des Verdächtigen. Besonderes Augenmerk ist dabei auf den Unterboden sowie die Stoßstangen zu richten. Gelangt die Ermittlung zu dem Ergebnis, dass dort vorgefundene Erdpartikel in ihren Charakteristika mit der am Tatort genommenen Bodenprobe übereinstimmen, liegt automatisch ein aussagekräftiger Beweis vor. **Beide Autos gründlich säubern!**

Am Tatort vorgefundene größere Erdbrocken sind ebenfalls mitzunehmen: Sollten sie sich mit am Chassis des Autos des Tatverdächtigen vorhandenen Erdansammlungen ähnlich den Teilen eines Puzzles zusammenfügen lassen, wird der Fahrzeugführer eine vorausgegangene Anwesenheit am Tatort nicht abstreiten können.

Ein weiteres wichtiges Indiz stellen Reifen- und Fußabdrücke dar. Zum Zweck späterer genauer Untersuchung lassen sich hiervon mittels eines ähnlichen Verfahrens, wie es in der zahnärztlichen Praxis angewandt wird, Gipsabdrücke anfertigen.

Anhand eines hinreichend großen und charakteristischen Reifenabdrucks werden die Ermittler die Marke und das Modell des im untersuchten Fall zum Einsatz gekommenen Fahrzeugs bestimmen können. Noch exakter wird sich das Fahrzeug identifizieren lassen, sollten die Reifen abgefahren oder sonst wie beschädigt sein: Das Standardreifenmodell erhält je nach Grad der Abnutzung eine unverwechselbare individuelle Gestalt. **Spielt bei dem Regen keine Rolle.**

Ebenso zu untersuchen sind Schuhabdrücke. In jedem Falle wird sich mit ihrer Hilfe die Schuhgröße des Trägers bestimmen lassen. Darüber hinaus wird der Ermittler durch Vergleich der auf dem Markt zur Verfügung stehenden

Sohlenarten mit hoher Wahrscheinlichkeit auf den von der/ den am Tatort anwesenden Person/Personen verwendeten Schuhtyp schließen können. Ebenso verfügen Kriminologen heutzutage über Methoden, um anhand eines Schuhab- drucks – bzw. der Rückschlüsse aus der Art der Abnutzung der Schuhsohle – Aussagen über die charakteristische Geh- weise desjenigen zu treffen, der die Spuren hinterlassen hat.
Interessant. Spielt hier aber ebenfalls keine Rolle.

7

Mit dem Glas Milch in der Hand ging ich ins Schlafzimmer hinauf. Ernesto war nicht da. Ich machte mich
auf die Suche nach ihm. Lalis Zimmertür war angelehnt.
Ich trat näher und spähte durch den Spalt. Ernesto saß
neben Lalis Bett auf dem Boden und weinte. Dabei streichelte er Lali. Es gab tausend Dinge zu erledigen, aber
er saß da und gab sich Gefühlsduseleien hin! Wer Milch
verschüttet hat, hockt sich nicht hin und heult – er holt
einen Lappen und wischt die Sauerei auf. Die Einzige, die mit dem Saubermachen wenigstens angefangen
hatte, war ich. Um wirklich sauber machen zu können,
musste ich jedoch schleunigst aus Ernestos Mund erfahren, wie es nach dem Park weitergegangen war. Ernesto
dagegen schien momentan nichts wichtiger zu finden,
als heulend über den Schlaf seines Töchterchens zu wa-
chen. Unglaublich, wie er sie verwöhnt! Er denkt einfach immer noch, er sei ihr etwas schuldig. Dabei ist das
jetzt siebzehn Jahre her. Ernesto konnte sich nicht dazu
entschließen, zu heiraten, er fand, es sei noch zu früh.
»Zu früh?«, sagte Mama. Wir waren schon drei Jahre zusammen, seit wir neunzehn waren. »Mach ihm Dampf,
Mädchen, sonst entscheidet der sich nie.« Also setzte ich
ihm zu. Was mir kein bisschen schwerfiel. Und prompt
war es passiert. Gleich nach dem Test sagte ich ihm Bescheid. Und er fing an zu zweifeln, nicht an mir, sondern
wegen des Kindes. Wir hatten nie darüber geredet, aber

ich wusste, dass er unsicher war. Totenstille, von Ernesto kam kein Wort. Ich fürchtete schon, er werde allen Mut verlieren, also redete ich pausenlos auf ihn ein. Ich sagte, ich hätte geträumt, das Kind habe genau seine Augen. Außerdem wisse ich schon, wie es heißen solle: Wenn es ein Mädchen war, Laura, und wenn es ein Junge war, Ernesto. Und Mama sei überglücklich gewesen, als sie erfahren habe, dass sie Großmutter werde. Ernesto sagte immer noch kein Wort. »Du willst doch nicht, dass ich abtreibe, Ernesto, oder?« Wie auf ein Zauberwort brach Ernesto in Tränen aus. »Verzeih mir, verzeih mir, bitte«, bettelte er wie ein kleines Kind. Und ohne ihn weitersprechen zu lassen, griff ich nach seiner Hand, legte sie mir auf den Bauch und sagte: »Baby, hiermit stelle ich dir deinen Papa vor.«

Lieber wäre ich wach geblieben und hätte auf ihn gewartet. Ich wollte, dass er mir endlich alles erzählte. Aber es war schon vier Uhr morgens, und er kam und kam nicht. Natürlich hätte ich hingehen und zu ihm sagen können: »Ernesto, warum kommst du verdammt noch mal nicht endlich ins Bett?« Aber ich wollte nichts erzwingen, er hatte einen schlimmen Tag hinter sich. Es ging nicht darum, die Sache noch zusätzlich anzuheizen. Außerdem brauchte ich selbst dringend Schlaf. Ich trank die Milch aus, legte mich ins Bett und schlief ein.

Der Wecker klingelte um halb sieben. Ernesto lag nicht neben mir. Das war ganz und gar nicht normal, Ernesto stand nie vor sieben Uhr auf. Das Bett war auf seiner Seite unberührt. Schaudernd stellte ich mir vor, er sei zusammengekrümmt neben Lalis Bett auf dem Teppich eingeschlafen. Aber als ich dort nachsah, war er nicht da. Stattdessen stand er unter der Dusche. Hastig machte ich mich daran, sein Auto zu säubern. Ich musste unbedingt fertig sein, bevor er aus dem Bad kam. Ich schaffte es unglaublich schnell – das Auto blitzte nur so. In so was bin ich gut. Als ich in die Küche kam, war Ernesto schon dort. Er machte Kaffee. »Hallo Liebling«, sagte ich. »Hallo«, antwortete er und goss sich Kaffee ein. Ich setzte mich ihm gegenüber und lächelte ihn an. Er sollte sich wohlfühlen, spüren, dass seine Frau wie ein wundertätiger Balsam all seine Wunden kurieren konnte. »Gibts was Neues?«, fragte ich, unentwegt lächelnd, und hoffte, ihm so den nötigen kleinen Schubs zu verpassen, den er einfach braucht, um in Aktion zu treten. Keine Antwort. Mühsam hielt ich mein Lächeln aufrecht, aber es gefror immer mehr zu einer starren Maske. Nichts regt mich so auf, wie wenn Ernesto sich in sich selbst verschließt! Er trank von seinem Kaffee. Neben dem Teller lag die Zeitung – unaufgeschlagen. ›Das fängt ja gut an‹, dachte ich. Ernesto geht nie aus dem Haus, ohne die Zeitung gelesen zu haben. Und die erste Pflicht des perfekten Mörders ist es, seine täglichen Gewohnheiten beizubehalten. Andernfalls kann er gleich selbst die Polizei anrufen. »Hast du schon den Wetterbericht für das kommende Wochenende gelesen, Ernesto?«, fragte ich, schlug die Zeitung auf und drückte sie ihm geradezu in die Hände. Ernesto tat, als ob er lesen würde. ›Mein Gott‹, dachte ich, ›das kann ja heiter werden.‹ – »Und, hast du das mit dem Computersystem hingekriegt, Ernesto?«, fragte ich dann. Ernesto sah mich an. Fast hätte ich einen Herzinfarkt bekommen: Seine Augen standen voller Tränen. Bedrückt fasste ich mich an den Kopf. Dann sprudelte es nur so aus mir hervor: »Ernesto, die Sache hatte sich bereits erledigt, als du im Büro angekommen bist, deshalb warst du nach einer halben Stunde wieder zu Hause, ich habe gehört, wie du in die Garage gefahren bist, da war es auf keinen Fall später als halb elf. Danach bist du nicht mehr weggegangen. Okay? Um zehn bist du los, und um halb elf warst du schon wieder da. In dieser Zeit kommt man nirgendwo hin, und man kann auch nichts unternehmen. Verstanden?« Keine Ahnung, ob er mich verstanden hatte. Er sagte kein Wort, aber nicht nur das, er sah mich auch mit einem Blick an, dass ich ihn am liebsten zur Strafe in die Ecke gestellt hätte. Denn im Grunde genommen ist Ernesto ein großes Kind, genau das ist sein Problem. Er wird einfach nicht erwachsen. Und manchmal bin ich es leid, seine Mama zu spielen. So lieb man seinen Mann haben kann – irgendwann komme ich an meine Grenzen, und dann würde ich ihn jedes Mal am liebsten erschießen.

Daran dachte ich gerade, als Lali hereinkam. Ein mageres »Guten Morgen« war alles, was sie sagte. Ernesto folgte ihr mit dem Blick, bis sie sich setzte. Ich glaubte, er wolle etwas zu ihr sagen, aber stattdessen senkte er die

Augen auf die Zeitung und tat wieder, als würde er lesen. Lali gab Zucker in ihren Kaffee und rührte um. Sie starrte auf die Tasse und rührte immer weiter darin. »Pass auf, deinem Kaffee wird noch ganz schwindlig«, sagte ich, um das Eis zu brechen. Lali sah auf, blickte mich an und rührte weiter, als wäre nichts gewesen. In solchen Momenten könnte ich sie ohrfeigen. Aber ich wollte die Situation natürlich um keinen Preis noch zusätzlich anheizen. Am besten, ich kümmerte mich nicht um sie. »Endlich haben wir mal wieder so richtig gut geschlafen, was, Ernesto?«, sagte ich. Ernesto sah mich an, und ich sah verzückt zurück. Worauf er den Blick wieder ziellos über die Zeitungsseite schweifen ließ. Nichts zu machen, er kapierte es nicht – er war einfach viel zu durcheinander, würde ich sagen. Da bringt einer eine Frau um, und anschließend kriegt er nichts mehr auf die Reihe – ein Affe mit einem Messer in der Hand, eine echte Gefahr. Wenn ich jetzt nicht die Initiative übernahm, waren wir verloren. »Um halb elf hast du geschlafen wie ein Engel, stimmts, Liebling?« – »Stimmts, Liebling?«, gellte es aufdringlich durch die Küche. Lali sah mich entnervt an, eigentlich ohne Grund, aber sie sieht mich immer entnervt an. Sie schnappte sich ihre Schultasche und ging. Offenbar brauchte ich bloß ein Wort zu sagen, und schon war es ihr zu viel. Ich rede zu viel, behauptet sie. Wann rede ich denn schon mal? Außerdem hält sie sich für superintelligent – »wie Papa«, sagt sie immer, wenn sie ihr Schulzeugnis präsentiert. Ich weiß, dass sie mich für doof hält. Aber ich sehe es ihr nach. Wer würde seiner Tochter so etwas nicht nachsehen? Sie war schon immer etwas steif, geht bei allem strikt planmäßig vor und glaubt, intelligent sein heißt, eine Eins in Mathe haben. Meine Intelligenz fällt dagegen nicht so auf, sie bleibt eher im Verborgenen, glänzt nicht, »Glückwunsch, ausgezeichnet, eine glatte Eins« bekommt sie normalerweise nicht zu hören. Dafür habe ich eine ausgesprochen praktische Intelligenz, sehr nützlich für den Alltagsgebrauch, zum Beispiel, um ihren Papa vor dem Gefängnis zu bewahren. Denn während ich mir für ihren Intelligenzbolzen von Vater ein Alibi zurechtlegte, fiel dem nichts anderes ein, als sein Taschentuch voll zu schnäuzen.

Bevor Ernesto losging, sagte er vertraulich zu mir: »Heute Abend würde ich gerne einmal in Ruhe mit dir reden.« Na endlich. »Aber ja doch, Liebling«, antwortete ich. Und fast schon in der Tür, sagte er noch: »Wenn jemand von der Arbeit anruft, sag, ich komme heute erst gegen Mittag.«

8

Am liebsten wäre ich hinter Ernesto hergefahren. Bei der Vorstellung, wie viel Blödsinn dieser Mann innerhalb von vier Stunden anstellen könnte, wurde mir ganz anders. Aber ich hatte eine bessere Idee: Warum fuhr ich nicht einfach in sein Büro? Ich öffnete den Kleiderschrank und überlegte, was ich anziehen sollte. Ich musste gut aussehen. Aber ohne aufzufallen, schließlich war eine Leiche mit im Spiel. Nichts überzeugte mich. Dies war nun einmal ein sehr spezieller Anlass. Im Büro des eigenen Mannes kann man nicht in Jeans und Turnschuhen erscheinen, selbst wenn es sich um Markenturnschuhe handelt. Das passt einfach nicht ins Bild. Man muss der Vorstellung entsprechen, die die anderen sich von der Frau eines Managers machen. Und eine Frau Pereyra, das konnte unmöglich ein Dickwanst im Morgenrock mit Lockenwicklern im Haar sein. Das ist völlig klar. Mein Mann ist immer sehr gut gekleidet, die Farbe seiner Krawatte stets auf die der Strümpfe abgestimmt; er bringt mich um, sollte sein Hemd einmal nicht perfekt gebügelt oder seine Schuhe nicht auf Hochglanz poliert sein. In dieser Hinsicht entgeht ihm nichts.

Ich entschied mich für ein sandfarbenes Kleid, elegant, aber nicht übertrieben; ich hatte es mir zur standesamtlichen Trauung einer Freundin besorgt. Ich glaube, ich hatte es bloß an diesem Tag angezogen, danach nie wieder. Wir wohnen schließlich in einem Villenviertel, jede mit Garten und eigenem Swimmingpool, da sind Pfennigabsätze und Kostüm nun mal nicht die passende Alltagskleidung. Geschweige denn Seidenstrumpfhosen. Blumengießen oder Rosenbeschneiden in Strumpfhosen, das ist unmöglich. Wir laufen hier alle in lockerer Freizeitkleidung herum, eine hübsche Hose, ein hübsches Blüschen, Strickweste, manchmal auch Blazer oder Schal. Und dazu passende Accessoires, die runden das Ganze immer so schön ab.

Hätte Mama mich doch sehen können! Sie ist nie zufrieden damit, wie ich mich anziehe. Sie sagt, ich schminke mich zu wenig, mache nichts aus mir. Sie dagegen hat einen so vulgären Geschmack, kennt nichts als die eigenen vier Wände. Morgens um neun richtet sie sich her, als ginge es zu einer Abendeinladung, grell geschminkt und parfümgetränkt. Dabei ist sie fast siebzig. Ich glaube, das hat sie sich angewöhnt, als sie noch hoffte, Papa werde irgendwann zurückkommen. Arme Mama. Ich habe ihr das einmal ins Gesicht gesagt. Die Antwort war eine schallende Ohrfeige.

Die Empfangsdame erkannte mich, noch bevor ich mich vorstellen konnte. Sie war erstaunt über mein Erscheinen. Normalerweise tauche ich nie bei Ernesto im Büro auf, nichts liegt mir ferner, als mich in seine Angelegenheiten einzumischen. »Ihr Mann ist noch nicht da, Señora«, sagte sie zur Begrüßung. »Ja, ich weiß, er hat mich gebeten, auszurichten, dass er erst gegen Mittag kommt. Ich gehe hinauf und sage seiner Sekretärin

Bescheid.« – »Die ist auch noch nicht da.« – ›Und die kommt auch nicht mehr‹, sagte ich innerlich und kam mir bei diesem reichlich unpassenden Gedanken zugegebenermaßen ein wenig schäbig vor. Aber was solls, man kann seine Gedanken schließlich nicht ständig unter Kontrolle halten. Ich antwortete: »Ich warte oben, ich muss ihr eine Nachricht übergeben.« Und schon war ich auf dem Weg hinauf in Ernestos Büro. Es war niemand da. Ernesto schimpft immer, weil vor neun Uhr nie jemand im Büro ist. Ich hatte also eine halbe Stunde Zeit für mein Vorhaben. Ich sah sämtliche Schreibtischschubladen durch, ohne irgendetwas Kompromittierendes finden zu können. »Gut, mein kleiner Ernesto, das hast du wenigstens mal gut gemacht«, sagte ich zu mir. Anschließend durchsuchte ich *ihren* Schreibtisch. Auch nichts. »Brave Kinder!« Aber ich kannte die Deine, wer mit Lippenstift Briefchen unterschreibt und Präser mit Widmungen versieht, dem sind noch ganz andere Sachen zuzutrauen. Irgendwo musste sie doch ein Souvenir meines Gatten versteckt haben, sei es ein Foto, ein Slip (zu Hause zieht er nur Boxershorts an, aber wer weiß, wie er es bei ihr hält), ein kleiner Teddybär mit Schild um den Hals (»Schenk mir deinen Honig« oder ähnliche Peinlichkeiten), ein Gedicht. Was weiß ich, irgendwas. Irgendwas musste diese Frau doch von ihm haben. Die mittlere Schreibtischschublade war abgeschlossen, aber sie ließ sich leicht öffnen. Mit ein bisschen Geduld geht alles. Und Geduld hatte ich zur Genüge. Auch jetzt noch.

Nichts, ein klein bisschen Geld, ein paar Schecks, diverse Gutscheine. Und ein Schlüsselbund. Das war schon interessanter. Jeder Schlüssel mit einer Bezeichnung versehen. Wirklich, eine tüchtige Sekretärin. »Büro Señor Ernesto« – »*Señor Ernesto, du Miststück!*« –, »Empfang«, »Dienstboteneingang«, »Haupteingang«, »Konferenzraum«, »Ersatzschlüssel Avellaneda« – genau genommen handelte es sich bei Letzterem um zwei verschiedene Schlüssel an einem Ring. Nach kurzem Überlegen nahm ich den Bund an mich.

Von ihrem eigenen Telefon aus rief ich bei der Personalabteilung an. Ich nannte meinen Namen, warum auch nicht, und sagte, ich hätte der Deinen im Auftrag meines Mannes etwas Dringendes auszurichten. Natürlich sagte ich »Alicia«. »Sie ist aber noch nicht da. Ob Sie mir wohl ihre Privatnummer geben könnten? Ach ja, und die Adresse, ich muss ihr auch noch per Kurier ein paar Unterlagen schicken.« Offensichtlich genoss mein Mann in der Firma hohes Ansehen, oder die Leute von der Personalabteilung waren schlicht und ergreifend Idioten, jedenfalls gaben sie mir unverzüglich Auskunft. »Avellaneda 345, fünfter Stock, Wohnung B.« Man braucht kein Genie zu sein, um zu begreifen, worauf sich die Worte »Ersatzschlüssel Avellaneda« bezogen.

Es war wirklich mein Glückstag. Nie hätte ich damit gerechnet, dass sich mir die Tür zur Wohnung der Deinen so widerstandslos öffnen würde. Ein Geschenk des Himmels. Oder vielmehr eine himmlische Botschaft, irgendwer dort oben wollte, dass ich noch vor Eintreffen der Polizei jene Wohnung durchsuchen konnte.

Glückstrahlend ging ich die Treppe hinunter. Besser gesagt, triumphierend. Ich hätte mir nicht träumen lassen, dass der Besuch im Büro meines Mannes derart nützlich für uns sein würde. Für uns, für Ernesto und mich, mochte Ernesto im Moment auch bloß halb zurechnungsfähig sein. Mit breitem Lächeln verabschiedete ich mich von der Empfangsdame. Im Vorbeigehen warf ich einen kurzen Blick in den großen Spiegel im Entree und zwinkerte mir zu.

Dabei spielten meine Finger in der Tasche des sandfarbenen Seidenkleids mit dem Schlüsselbund.

9

»Wer hat dich hierhergeschickt?«

»Die Kusine einer Freundin von mir.«

»War die mal bei uns?«

»Weiß ich nicht, hat sie nicht gesagt.«

»Wie heißt sie?«

»Belén Aguirre.«

»Ach so. Weißt du, wie es abläuft, Kleine?«

»Na ja, mehr oder weniger.«

»Im Wievielten bist du?«

»Ich weiß nicht.«

»Wann war deine letzte Regel?«

»Weiß ich nicht mehr.«

»Versuch dich zu erinnern, das ist das Wichtigste von allem.«

»U… ungefähr vor zwei Monaten.«

»Na gut, in dem Fall – wenn wir uns beeilen, können wir es absaugen.«

»Was heißt das?«

»Man saugts ab, Kleine, mit so einer kleinen Pipette, du spürst überhaupt nichts. Reinstecken, absaugen, fertig. Ganz ohne schaben oder sonst was.«

»…«

»Kommt alles fein säuberlich raus, restlos.«

»…«

»Ist dir schlecht?«

»Bisschen flau im Magen.«

»Keine Sorge, das ist ganz normal. Das vergeht. Wir machen einen Termin aus, dann brauchst du zwei Tage, um dich ein bisschen zu erholen, und danach haben wir uns nie im Leben gesehen. Und du bist wie neu und kannst dein Leben ganz normal weiterführen.«

»Merkt man einem das an?«

»Was?«

»Das, was ich mit mir machen lasse.«

»Wie soll man da was merken, wir machen doch gar nichts.«

»…«

»Kleine, wenn niemand was mitkriegen soll, kriegt auch niemand was mit, ja?«

»Okay.«

»Ich schreib dir jetzt noch ein paar Sachen auf, die du brauchst, ein Rezept. Für nachher ein Antibiotikum, und am Tag vorher nimmst du ein Valium, damit du schön entspannt bist, verstanden? Bisschen schwindlig kann einem dabei schon werden. Bringst du jemand mit?«

»Weiß nicht.«

»Also, ich empfehl dir, such dir jemanden, dem du traust, eine Freundin oder so, das weißt du selbst am besten, von dem Valium und der Betäubung wird einem schon ein bisschen schummrig, da sollte man nachher nicht alleine auf der Straße rumlaufen, Kleine.«

»Gut.«

»Noch irgendwas, was du fragen willst?«

»Nein.«

»Also dann wegen dem Geld. Das kostet dich tausend Pesos. Du musst es bar mitbringen, überweisen geht bei uns nicht, klar? Dollars oder Pesos, egal.«

»…«

»Du hast das Geld doch, oder, Kleine?«

»Ja, ja, ich habs.«

»Gut, wie du meinst. Machen wir gleich einen Tag aus? Am zehnten Juli, passt das bei dir?«

»Nein, da gehe ich auf Klassenfahrt.«

»Wie alt bist du denn, Kleine?«

»Neunzehn.«

»Wirklich?«

»Ja … Ich bin einmal durchgefallen.«

»Weil, Minderjährige behandeln wir nicht, weißt du. Bloß wenn ein Erwachsener dabei ist.«

»Ich bin neunzehn.«

»Da sind wir total streng. Probleme wollen wir nicht.«

»Ich sag doch, ich bin volljährig.«

»Okay, Kleine, aber an dem Tag, wo wir dich operieren, musst du deinen Ausweis mitbringen, klar?«

»Ja.«

»Willst du lieber vor oder nach der Reise?«

»Nachher.«

»Allzu lange warten können wir nicht, sonst setzt sich das Ding fest, und dann kann man nicht mehr absaugen, verstehst du? Wann kommst du zurück?«

»Am Achtzehnten.«

»Der Achtzehnte ist Sonntag. Montag ist schon besetzt. Dienstag, den Zwanzigsten, einverstanden?«

»Ja.«

»Also, am Dienstag, Zwanzigster, um zehn Uhr morgens.«

»Da kann ich dann ja nicht zur Schule gehen.«

»Tja, da bleibt dir wohl nichts anderes übrig, Kleine.«

»...«

»Also, ich trag dich dann für den Zwanzigsten ein, ja?«

»Ja.«

»Gut, ich erwarte dich am Zwanzigsten um zehn Uhr morgens. Und vergiss nicht, du musst bar bezahlen, und denk an den Ausweis, bitte.«

»...«

»Hier, das Rezept für das Valium.«

»Ja.«

»Ciao, Kleine.«

»Ciao.«

»Gute Reise.«

10

Ich betrat die Wohnung der Deinen, als wäre es meine eigene. Der größere Schlüssel war für die Haustür. Ich begegnete niemandem, weder an der Pförtnerloge noch im Treppenhaus. Bevor ich in die Wohnung ging, zog ich mir Gummihandschuhe über, die ich unterwegs gekauft hatte. Ich hatte in meinem Leben genügend Krimiserien gesehen, um nicht den Fehler zu begehen, überall Fingerabdrücke zu hinterlassen. Ich klingelte, es hätte ja sein können, dass die Verstorbene nicht allein lebte. Keine Reaktion. Ich schloss auf und ging hinein. Die Wohnung hatte zwei Zimmer, war klein, aber schick und sehr aufgeräumt.

Bevor ich mich an die Durchsuchung von Schränken und Schubladen machte, drehte ich eine Runde durch alle Räume. Es gab jede Menge gerahmte Fotos. Familienbilder, alle mit Zahnpastalächeln. »Wenn man bedenkt, dass all diese Leute schon bald in Tränen ausbrechen werden …« Zwei Fotos zogen meine Aufmerksamkeit auf sich, sie waren größer als die anderen und auffällig platziert: eins der Deinen, in Schwarz-Weiß, und ein Farbfoto, auf dem sie den Arm um den Rücken einer gut Zwanzigjährigen gelegt hatte, sehr groß, mit langen schwarzen Haaren. Nach meinem Mann mit gebleckten Zähnen suchte ich, zu meiner Erleichterung, vergeblich. Es musste seinen Grund haben, dass ihm kein Platz unter all den lächelnden Verwandten zugestanden worden war. »Man stellt das Foto seines Geliebten auch nicht einfach zwischen die Uroma und die Kusine, schließlich ist das nicht das Gleiche«, sagte ich mir. Aber da täuschte ich mich – die Sache ging wesentlich weiter.

Die eigentliche, gründliche Durchsuchung startete ich im Wohnzimmer. Ich fand nichts, was meinen Mann hätte belasten oder auch nur auf irgendeine Beziehung zu ihm hätte verweisen können, nicht einmal Arbeitsunterlagen aus dem Büro. Anschließend nahm ich mir Bad und Küche vor: ebenfalls nichts. Das Schlafzimmer hob ich mir für zuletzt auf. Wenn ich etwas finden würde, dann dort, das war klar. Und so war es auch. Als ich die Tür aufmachte, sah ich zu meinem Entsetzen ein Ehebett vor mir. Für einen Moment stellte ich mir vor, wie Ernesto sich darauf herumwälzte, schwitzend und verzweifelt darum bemüht, die Deine zu beglücken. Sehr böse Gefühle stiegen in mir auf, Lust, jemanden anzuschreien oder umzubringen. Aber tot war die Deine ja schon. Ich versuchte mich zu entspannen, atmete tief durch und konnte mich wieder meinem Vorhaben widmen. Schließlich war ich nicht gekommen, um das Feuer zu schüren, sondern um den Brand zu löschen. Außerdem muss man immer an allem das Positive sehen, in diesem Fall an dem Bett: Sosehr mich die Vorstellung quälte, Ernesto könnte sich darauf herumgewälzt haben, klar war, dass er sich zumindest dort nie mehr herumwälzen würde. Und ich hatte hier nichts anderes zu tun, als sämtliche belastenden Spuren zu beseitigen. Ein Ehebett belastet allerdings niemanden, denn vom Hin-und-her-Wälzen bleiben keine Spuren. »Oder vielleicht doch«, dachte ich und machte mich daran, die Laken zu untersuchen. Sie waren makellos, als hätte nie jemand darauf geschlafen. Kein Fleck, kein Haar, nicht eine Falte.

Zwanzig Minuten später hatte ich den Kleiderschrank und zahllose Schächtelchen durchsucht, in denen die Deine allen nur erdenklichen Ramsch sammelte. Lauter kitschig-naives Zeug. Postkarten, Geschenkschleifen, Fotos, Muscheln, Servietten aus diversen Konditoreien, Dessertlöffel, Zeugnisse aus der Grundschule – die Deine bewahrte offenbar so ziemlich jeden Mist auf. Ich war versucht, alles in den Müll zu schmeißen, womit ich dem Erben, dem die Aufgabe zufallen würde, die Wohnung aufzulösen, nur einen Gefallen getan hätte, aber dann ließ ich doch lieber die Finger von Sachen, die mir nicht gehörten.

Die wahre Überraschung erlebte ich beim Öffnen der Nachttischschublade: Darin lagen eine Pistole und zwei Umschläge. Die Pistole überraschte mich nicht. Dass eine Frau, die allein lebt – wie die Deine –, eine Pistole griffbereit hat, war nur normal bei all den Spinnern, die heutzutage unterwegs sind. Mit Waffen kenne ich mich aus. Als Papa damals auszog, kaufte Mama eine Pistole und zeigte mir, wie man damit umgeht. »Zwei Frauen allein brauchen so was zu ihrer Sicherheit«, sagte sie. Benützt haben wir die Pistole aber nie. Eigentlich kaufte Mama sie wohl, um Papa damit zu erschießen – für den Fall, dass ihr Parfüm und die Schminke die Wirkung verfehlten. Aber den Gefallen tat er ihr nicht; er kam nämlich nie wieder. Ich nahm die Pistole und stellte fest, dass sie geladen war. »Wenn wir schon eine haben, soll sie auch funktionieren«, sagte Mama immer.

Hierauf öffnete ich einen der Umschläge. Mit den Gummihandschuhen war das gar nicht so einfach. Im Inneren befanden sich zwei Flugtickets nach Rio. Eins auf den Namen A. Soria, also Alicia Soria, die Deine. Das andere auf den Namen E. Pereyra, also Ernesto, mein Mann. Das bestätigte mir, dass aus dieser Beziehung nichts hätte werden können: Ernesto hat Hitze und Strand schon immer gehasst. Niemals wäre er auf die Idee gekommen, nach Rio zu fahren, mit niemandem. Nicht mal mit Lali und mir. Woraus ich folgerte, dass diese Frau ihn bedrängt hatte. Die Idee mit der Reise und den Tickets stammte zweifellos von ihr. Möglicherweise ging es bei dem Streit, der damit endete, dass die Deine mit dem Kopf auf dem Baumstamm aufschlug, um genau diese Reise. Hätte es sich um Tickets nach Bariloche gehandelt, hätte die Idee von Ernesto sein können. Aber niemals nach Brasilien. Dafür kannte ich Ernesto zu gut, seit über zwanzig Jahren. Die Tickets waren auf einen Tag in einigen Wochen datiert. Aber Gott hatte es so gewollt, dass die Deine – mit ein bisschen Glück und bei entsprechender Trägheit der Polizei – sich an jenem Tag noch immer dort befinden würde, wo Ernesto sie hingeschafft hatte.

Ich steckte die Tickets in meine Handtasche und machte den zweiten Umschlag auf. Und das hätte ich nun wirklich nicht erwartet. Genauer gesagt, kein Mensch mit auch nur einem Funken Verstand wäre fähig, sich so etwas auszudenken. Zuerst wurde ich wütend. Sehr wütend, das muss ich zugeben. Aber gleich darauf empfand ich Mitleid. Was sonst hätte man angesichts dieser Bilder auch empfinden sollen? Schwarz-weiß und so klein wie die Abbildungen auf einem Kontaktstreifen, die manchmal bei Partys gemacht werden, damit man nachher ein paar davon auswählen kann: Fotos von Ernesto – nackt! Wie kann man bloß auf die Idee kommen, Ernesto nackt posieren zu lassen, und ihn dabei auch noch fotografieren? Ernesto sieht nicht schlecht aus – angezogen. Im unbekleideten Zustand hängt einfach viel zu viel an ihm herab. Er ist keine zwanzig mehr und auf allen Seiten reichlich schlaff. Wenn er nackt aus dem Bad kommt, verzichte selbst ich, seine Ehefrau, darauf, genauer hinzusehen. Ich finde ihn nicht attraktiv. Angezogen schon, das ist etwas anderes. Ernesto war immer gut aussehend, elegant. Aber ihn dazu zu bringen, sich splitternackt in einen Sessel zu setzen und mit idiotischem Gesichtsausdruck in die Kamera zu starren … Hatte er nicht daran gedacht, dass die Leute, die den Film zum Entwickeln bekamen, ihn so sehen würden? Ein Bild so richtig zum Einrahmen und Ins-Regal-Stellen!

Mit spitzen Fingern steckte ich die Bilder zurück in den Umschlag und den Umschlag in meine Handtasche.

Alles Übrige legte ich wieder genau so hin, wie es gewesen war. Als ich schon fast an der Tür stand, drehte ich mich um. Ich ging zurück zum Nachttisch, öffnete die Schublade und steckte die Pistole ein. Ich weiß selbst nicht warum, eine plötzliche Eingebung. Außerdem gibt eine Waffe immer zu allen möglichen Verdächtigungen Anlass. Erst recht, wenn sie geladen ist.

Ich öffnete die Tür und spähte auf den Gang hinaus. Es war niemand zu sehen. Während ich mit dem Aufzug nach unten fuhr, gratulierte ich mir zu der Idee, hierherzukommen. In meiner Handtasche befand sich erdrückendes Beweismaterial – lauter falsche Beweise natürlich, denn Ernesto wusste so gut wie ich, dass alles ein Unfall gewesen war. Aber es kommt nicht nur darauf an, was gewesen ist, sondern mindestens ebenso sehr, ob es auch danach aussieht. Und es wäre schwierig gewesen, jemanden, der diese peinlichen Fotos von Ernesto und dazu die Flugtickets gefunden hätte, davon zu überzeugen, dass sie nichts zu bedeuten hatten. Bei der bloßen Vorstellung, jemand anders könnte die Fotos zu Gesicht bekommen, standen mir ohnehin die Haare zu Berge. Es ist so einfach, seinen Ruf auf einen Schlag für alle Zeit zu ruinieren! Zum Glück war ich da, um das zu verhindern.

Ich war erst wenige Schritte vom Ausgang entfernt, als plötzlich ein Taxi vor dem Haus hielt. Ihm entstieg die große Schwarzhaarige von dem Foto. Sie sah besorgt aus. Und sie schien es eilig zu haben. Sie ließ das Taxi vor dem Hauseingang warten. Sie schloss mit ihrem eigenen Schlüssel auf und ging hinein. Wäre ich bloß fünf Minuten länger in der Wohnung geblieben, hätte sie mich dort vorgefunden. Ich sah mich nach einem Platz um, von dem aus ich sie unbemerkt beobachten konnte. Dem Haus gegenüber war eine Bar. Ich ging hinein und setzte mich ans Fenster. Der Kellner kam, und ich bestellte einen Kaffee. Eigentlich wollte ich überhaupt nichts zu mir nehmen, vor allem aber wollte ich ihn so rasch wie möglich loswerden, um unbehelligt hinüberspähen zu können. Der Kellner blieb stehen und sah mich an, genauer gesagt, meine Hände. Ich senkte meinerseits den Blick auf meine Hände: Ich hatte immer noch die Gummihandschuhe an! »Na so was Blödes, in der Hektik hab ich doch glatt vergessen, sie auszuziehen«, murmelte ich, streifte sie ab und legte sie in meine Handtasche. Der Kellner drehte sich um und ging den Kaffee holen.

Kurz darauf kam die große Schwarzhaarige mit einem Mann aus dem Haus, offensichtlich der Portier. Aufgeregt redete sie auf ihn ein. Der Mann schüttelte ebenso aufgeregt den Kopf. Er begleitete sie zum Taxi, machte die Wagentür für sie auf. Sie übergab ihm eine Visitenkarte, stieg ein, und das Taxi fuhr davon.

Als der Kellner mit dem Kaffee erschien, war ich im Begriff aufzustehen und zu gehen. Das ärgerte ihn. Er war ein ziemlich ungehobelter Typ, und sein Aussehen machte diesen Eindruck nicht besser: Sein graues Haar war so lang, dass er es zum Pferdeschwanz hätte binden können, dazu hatte er einen pechschwarzen Schnurrbart – grauenhaft. Dann stieß er auch noch aus Versehen mit dem Fuß gegen den Tisch, und der halbe Inhalt des Zuckerstreuers rieselte mir über die Beine. Ich warf ein paar Münzen auf den Tisch und ging, ohne den Kaffee getrunken zu haben.

Es war ein schöner, sonniger Vormittag. Ohne Eile wanderte ich in Gedanken versunken die Avenida Rivadavia hinunter. Dabei fielen immer wieder Zuckerkörnchen aus den Falten meines Seidenrocks, und das lenkte mich ab. Um ungestört nachdenken zu können, klopfte ich den Rock gründlich ab und kehrte anschließend zu meinen Überlegungen zurück. Wenn mich nicht alles täuschte, war da noch jemand mit im Spiel. Und falls die andere Person sich Sorgen machte, weil »was auch immer« verschwunden war, würde sie Schritte unternehmen, die die meinen unweigerlich beeinflussen würden. Auch wenn ich ihr um ein paar Stunden voraus war, ich konnte mir keinen Fehltritt mehr erlauben. Die Sache wurde immer komplizierter, dafür aber auch unterhaltsamer.

Ich betrat einen Friseursalon und ließ mir erst einmal die Beine enthaaren. Wie sagte Mama immer: »Raus auf die Straße nur frisch enthaart und mit sauberem Rock!« Da gebe ich ihr wirklich recht. Im Leben muss man auf alles vorbereitet sein, sicher ist überhaupt nichts.

Und man weiß nie, wer oder was einem plötzlich über den Weg läuft.

11

»Und, was machst du?«

»Ich weiß nicht.«

»Also das mit dem Ausweis ist so eine Sache ...«

»Wieso Ausweis?«

»Haben sie dir nicht gesagt, dass sie es bei Minderjährigen nicht machen?«

»Na und, dann dürften sie uns auch kein Bier verkaufen und uns nicht in die Disko reinlassen ...«

»Lali, hier geht es nicht um Bier verkaufen ...«

»Wieso? Tausend Pesos sind ganz schön viel Kohle. Dafür kriegt man fünfhundert Bier.«

»Fünfhundert?«

»Wenn ich das Geld dabeihabe, machen die es auch, Skrupel kennen die sowieso nicht.«

»...«

»Ich habe einen Termin, am Zwanzigsten.«

»Puh, das wird ganz schön hart ...«

»Tja ...«

»...«

»...«

»Und deinen Eltern sagst du also nichts?«

»Nein, ich spinn doch nicht.«

»...«

»Mein Vater ist zurzeit ganz schön komisch drauf, ich glaube, irgendwie ahnt der was.«

»Echt?«

»Gestern Nacht ist er zu mir ins Zimmer gekommen. Ich hab so getan, als schlafe ich.«

»Und?«

»Er hat geweint.«

»Geweint?«

»Ich glaube, ja.«

»Ich kann mir nicht vorstellen, dass er …«

»Vielleicht hat er uns belauscht.«

»Aber dann hätte er doch was zu dir gesagt …«

»Ich weiß nicht.«

»…«

»…«

»Nein, das kann nicht sein. Hör mal, Lali, wenn dein Vater wüsste, was los ist, würde er niemals bei den Elternabenden einen solchen Quatsch von sich geben.«

»Stimmt.«

»…«

»Aber ich mache mir trotzdem Sorgen um ihn. Er sieht echt schlecht aus, und vielleicht liegt es doch an mir, keine Ahnung.«

»Bild dir da bloß nichts ein, wenn du mich fragst, hat dein Vater keinen blassen Schimmer.«

»…«

»…«

»Ich hab die Jacke gekauft.«

»Welche?«

»Die Steppjacke, die andere war viel zu dünn, da hätte ich total gefroren.«

»Ja, ich nehme auch eine Steppjacke mit. Glaubst du, eine Jacke reicht?«

»Ich nehme für abends noch die Lederjacke mit.«

»Stimmt, schließlich will man ja auch nicht den ganzen Tag in denselben Sachen rumlaufen.«

»…«

»Und, kaufst du dir jetzt die Stiefel?«

»Mein Vater hat mir das Geld dafür gegeben, aber ich werde es behalten. Ich muss schließlich die tausend Pesos zusammenbekommen.«

»Ach so …«

»…«

»…«

»…«

»Also zwei- oder dreihundert könnte ich dir leihen.«

»Okay.«

»Lässt du dir von Iván auch was dazugeben?«

»Nein.«

»Der ist echt so ein Riesenarschloch.«

»…«

»Wie viel brauchst du noch?«

»Ungefähr fünfhundert.«

»Und, was willst du machen?«

»Klauen.«

»Spinnst du?«

»Nein, ich klau bei meiner Mutter.«

»Aber das merkt die doch.«

»Ja, aber sagen kann sie trotzdem nichts.«

»Wieso …?«

»Weil sie bei meinem Vater klaut.«

»…«

»Sie versteckt Geld in der Garage, hinter einem Ziegelstein.«

12

Ich fuhr nach Hause zurück. Zuallererst versteckte ich die Beweisstücke im Hohlraum in der Wand. Dazu zog ich mir die Handschuhe wieder an. Die Pistole passte nicht hinein, sodass ich sie schließlich im Kofferraum meines Wagens unter dem Ersatzreifen verbarg. Jetzt blieb mir nicht mehr viel zu tun. Ein bisschen aufräumen, die Tassen vom Frühstück abspülen.

Bevor ich loslegte, tauschte ich das Kleid gegen bequeme Hauskleidung. Um drei Uhr nachmittags war alles fertig. »Jetzt habe ich mir ein Päuschen verdient«, sagte ich mir, ließ mich mit einer Tasse Kaffee in einen der Wohnzimmersessel sinken und entspannte. Aber länger als eine Viertelstunde hielt ich es nicht aus – in aller Ruhe abwarten, bis Ernesto kam und alles erzählte, dazu war ich nicht imstande. Ich fing an zu putzen. Eigentlich war alles sauber, aber ich nahm mir die Dinge vor, für die sonst keine Zeit bleibt. Ich wischte mit dem Staubtuch die Möbel ab, polierte sämtliche Metallteile, bohnerte. Ich buk sogar einen Kuchen. Um fünf war ich fix und fertig. Und nervös. Ernesto kam nie vor neun, wenn ich so weitermachte, würde ich mich schon bald ins Bett legen müssen. Doch wenn jemand fit, hellwach und ausgeschlafen sein musste, dann ich.

Ich beschloss, den Stier bei den Hörnern zu packen, und fuhr zu Ernesto ins Büro. Als ich gerade das Gebäude betreten wollte, sah ich die Schwarzhaarige herauskommen, der ich am Morgen in der Wohnung der Deinen fast in die Arme gelaufen wäre. Am liebsten wäre ich ihr hinterhergegangen. Aber dann überlegte ich es mir anders. Ich meldete mich bei der Empfangsdame. Sie machte sich gerade Notizen und hatte mich nicht hereinkommen sehen. Bevor ich weiterging, fragte ich sie ein bisschen aus. »Diese große Schwarzhaarige, die mir eben entgegengekommen ist, die kenne ich doch irgendwoher. Arbeitet die hier?« – »Nein, das ist Charo, die Nichte von Alicia Soria.« – »Ach so, dann ist Alicia also inzwischen gekommen ...« – »Nein, komischerweise nicht, und angerufen hat sie auch nicht.« – »Macht ihre Nichte sich Sorgen?« – »Ich glaube, ja, sie hat nicht einmal Guten Tag gesagt. Sie ist einfach zum Lift gegangen und nach oben gefahren.« – »Na ja, ihre Tante ist schließlich erwachsen, da sollte sie auf sich selbst aufpassen können«, sagte ich und ging meinerseits zum Lift.

Im Stockwerk von Ernestos Büro stieg ich aus. Die Tür stand offen, ich konnte ihn vom Flur aus sehen. Über seinen Schreibtisch hinweg, auf dem nicht ein Blatt Papier lag, starrte er sorgenschwer ins Leere. Dabei zerlegte er einen Aktenordner, er drehte langsam die Spirale heraus und zerbrach sie in kleine Stücke. Entschlossen ging ich hinein. »Hallo Ernesto, haben sie dir gesagt, dass ich heute Morgen hier war? Ich hatte vergessen auszurichten, dass du heute erst mittags kommen würdest, und da ich sowieso in die Stadt musste ...«, sagte ich und setzte mich ihm gegenüber. Keine Reaktion. Aber dann sagte er plötzlich: »Gerade habe ich an dich gedacht, ist das nicht seltsam?« Ich sah auf die Reste des Ordners, die über den Schreibtisch verstreut lagen. »Und was hast du gedacht?« – »Dass wir uns unterhalten wollten.« – »Genau deshalb bin ich hier. Ich habe heute Nachmittag nichts vor, da wäre es doch schade gewesen, bis zum Abend zu warten. Außerdem hatte ich das Gefühl, du machst dir wegen irgendetwas Sorgen.« – »Mache ich auch, Inés«, sagte er und nahm meine Hände. Das hatte er schon seit fünfzehn oder sechzehn Jahren nicht mehr getan. Mama hätte gesagt: »Vorsicht, wenn ein Mann dir einen Strauß Blumen entgegenhält, ist er gefährlicher, als wenn er zur Ohrfeige ausholt.« Aber ich beschloss, es einfach zu genießen, dass er meine Hände in seine legte. Er sah mir in die Augen und sagte: »Ich muss dir etwas Schlimmes sagen. Ich weiß, es wird dir wehtun.« Ich machte ein erschrockenes Gesicht, was der Situation angemessen war, wie ich fand. »Aber du bist meine Frau, und ich muss es dir sagen. Wir sind jetzt seit zweiundzwanzig Jahren zusammen ...« – ›Zwanzig, Ernestito, zwanzig, auch wenn du es nicht glaubst‹, sagte ich innerlich zu mir, verbesserte ihn aber nicht, das wäre in diesem Moment irgendwie unpassend gewesen. »Du und Lali, ihr seid für mich das Wichtigste auf der Welt«, sagte er mit Tränen in den Augen. Ich drückte seine Hand und antwortete: »Ich weiß, Ernesto, ich weiß.« – »Wenn ich dich irgendwie aus der Sache raushalten könnte, würde ich es tun, ich schwöre es dir.« – »Ernesto, du kannst dich immer auf mich verlassen, glaub mir.« – »Darum geht es nicht, es geht darum, dass es dir wehtun wird, und das möchte ich nicht.« – ›Schätzchen, lass es ruhig ein bisschen wehtun, Hauptsache, wir bringen es hinter uns‹, dachte ich und sagte: »Ernesto, ich komme dir vielleicht schwach vor, aber eigentlich bin ich stark, sehr stark sogar! Außerdem stehe ich immer an deiner Seite, Ernesto.« – »Danke, Liebling!« Er hatte Liebling gesagt! Das war noch nie vorgekommen, nicht einmal, als er mich zum ersten Mal ins Bett kriegen wollte. Das höchste der Gefühle war »Ich auch« gewesen – als Antwort auf mein »Ich liebe dich«. »Komm schon, Ernesto, sag ›Ich auch‹«, bettelte ich jedes Mal resigniert in den ersten Jahren, die wir zusammen waren. Später gewöhnte ich mich an sein Schweigen. Ernesto war von Natur aus ziemlich wortkarg. Deshalb brauchte er auch so lange, bis er sich dazu durchgerungen hatte, mir das mit der Deinen zu erzählen. »Das, was ich dir erzählen werde, soll aber auf keinen Fall die Erinnerung an all die glücklichen Jahre beflecken, die wir zusammen verbracht haben.« – ›Keine Sorge, die Flecken habe ich längst beseitigt‹, dachte ich und sagte nichts. »Ich … du kennst doch Alicia, meine Sekretärin, oder?« – »Na sicher.« – »Inés, nimm es nicht so schwer, aber, also Alicia und ich …« – »Was ist mit dir und Alicia?« – »Wir haben eine ziemlich komplizierte Geschichte durchgemacht …« – »Ernesto, rede nicht so lange herum, sondern sag, was du zu sagen hast, ich bin auf alles gefasst.« Ernesto atmete tief durch, sah mir noch tiefer in die Augen und sagte: »Alicia hat mich sexuell belästigt!« Am liebsten hätte ich laut gelacht. »Das gibts doch nicht«, sagte ich. »Doch, so traurig es ist. Ich wollte dir nie davon erzählen, aber ich hab eine ganz schön schlimme Zeit durchgemacht.« – »Das kann ich mir vorstellen …« – »Das wünsche ich wirklich niemandem.« – »Ich auch nicht.« Zuerst war ich wütend, weil er mich anlog, aber dann dachte ich, vielleicht stimmt es ja, schließlich hatte ich nur Briefe von der Deinen an Ernesto gefunden, ob – und wenn, was – er ihr darauf geantwortet hatte, wusste ich nicht. Und das mit den Tickets nach Rio musste ihre Idee gewesen sein, das hatte ich mir selbst gesagt. Fast hätte ich ihm also geglaubt, aber da fielen mir die Fotos wieder ein, auf die ich zusammen mit der Pistole gestoßen war. Die Nacktfotos von Ernesto. Dazu hatte sie ihn wohl kaum gezwungen. Er lächelte darauf, als würde er gerade »Cheeeeese« sagen. Wenn man erst einmal anfängt, seinen Gedanken freien Lauf zu lassen, gerät man schnell auf Abwege. Genau so erging es mir in diesem Moment. Denn dass Ernesto mich anlog, daran konnte es keinen Zweifel geben. Wichtig war jedoch, warum er mich anlog. Ernesto log mich an, weil er mich liebte, so einfach war das. Weshalb hätte er mir auch von einer Affäre erzählen sollen, die längst der Vergangenheit angehörte? Ernesto ist ein wunderbarer Mann, dachte ich. Keiner von den Kerlen, die sich anderswo ausleben, ihre Schuldgefühle dann aber zu Hause abladen: »Liebling, ich kann dir nichts vormachen, ich muss es dir einfach sagen, ich bin mit deiner besten Freundin ins Bett gegangen.« – »Kannst du mich nicht wenigstens anlügen, du Miststück, oder bin ich dir nicht einmal so viel wert?«, hätte ich zu solch einem Widerling gesagt. Eindeutig: Ernesto war kein Widerling. Ernesto war ein feiner Kerl, er log mich an, nahm die Schuld ganz allein auf sich, stand dafür ein, wie es sich gehört. »Wenn nicht so etwas Schreckliches passiert wäre, hätte ich dir nie davon erzählt.« – »Mach mir keine Angst, Ernesto …« Meine Antwort gefiel mir, ich glaube, sie passte perfekt zur Situation. »Du weißt doch, dass mich gestern Abend jemand angerufen hat. Danach musste ich dann ja nochmals weg.« – »Ja.« – »Das war sie. Sie hat gesagt, wenn ich nicht in einer halben Stunde zum See im Palermo-Park komme, stellt sie was an. Ich konnte nicht zulassen, dass die Frau sich umbringt, das verstehst du doch, oder?« – »Für wen hältst du mich, Ernesto?« – »Ich bin also hingefahren. Und ich habe dich angelogen, bitte verzeih mir, es gab keine Probleme mit dem Computersystem im Büro. Ich musste sie von ihrem Vorhaben abbringen.« Ich nickte verständnisvoll. »Als ich ankam, hat sie geglaubt, ich sei wegen etwas anderem da, sie hat sich eingebildet, sie hätte mich rumgekriegt … Kannst du dir das vorstellen, Inés?« – »Die war ja wohl total durchgedreht, Ernesto! Ich meine, die *ist* ja wohl total durchgedreht«, verbesserte ich mich. »Sie hat sich jedenfalls auf mich gestürzt, sie wollte mich küssen, was weiß ich, es ist mir wirklich peinlich, dir das zu erzählen.« – »Ernesto, keine Sorge, ich bin deine Frau, ganz egal, was du noch zu erzählen hast.« Ernesto küsste mir die Hände. »Und dann geschah das Unglück. Ich wollte sie zurückhalten, ich wollte nicht von ihr berührt werden und schon gar nicht geküsst. Aber sie konnte das nicht akzeptieren. Da wollte ich wieder gehen. Aber sie hat sich an mich geklammert, und da habe ich sie geschubst, um sie loszuwerden. Dabei …« Ich konnte mich nicht mehr zurückhalten, schlug mit der flachen Hand auf den Schreibtisch und rief: »Bums!« Ernesto schien es gar nicht wahrgenommen zu haben, er sagte: »Sie ist unglücklich gestürzt und mit dem Kopf gegen einen Baumstamm geprallt, und dabei hat sie sich das Genick gebrochen!« – »Ernesto!«, rief ich und schlug mir die Hand vor den Mund. »Das Schicksal hat es so gewollt«, sagte Ernesto. »Ein bedauerlicher Unfall, niemand kann etwas dafür«, sagte ich. »Ganz genau«, sagte Ernesto. Ich streichelte sein Gesicht, wir sahen uns lächelnd an. Wieder küsste er meine Hände. »Ich habe dir das alles bloß erzählt, weil ich möchte, dass du Bescheid weißt, wenn ich mich jetzt vor anderen Leuten zu der Sache äußern muss. Außerdem, wie stünde Alicia denn da – du als Frau verstehst das doch, stimmts?« – »Völlig klar, Ernesto, natürlich verstehe ich das.« – »Deshalb wollte ich die Sache auch nicht bei der Polizei melden, ich glaube, es ist besser, erst einmal ein bisschen Zeit verstreichen zu lassen, wenn dann jemand nach Alicia fragen sollte, kann keiner mehr irgendwelche falschen Schlüsse ziehen.« – »Da bin ich ganz deiner Meinung, Ernesto.« – »Wie schwer das für mich ist, kannst du dir vorstellen, einfach so tun, als wüsste ich nicht, wo die arme Alicia steckt ...« Er bekam feuchte Augen. »Wo wir gerade davon sprechen – wo ist sie denn jetzt, Ernesto?« Er seufzte. »Ich habe sie im See versenkt.« Ernesto drückte meine Hand. Ich küsste seine Hand. »Armer Ernesto, was du hast durchmachen müssen ...« – »Ich hab eins von den Ruderbooten genommen, die man am See mieten kann, habe sie reingelegt und bin bis in die Mitte des Sees gerudert, und dann, na ja ...« Jetzt hätte er wirklich fast losgeheult. Ich stand auf und legte die Arme um ihn. »Kann ich dich um etwas bitten?« – »Was auch immer du willst, Ernesto.« – »Am liebsten wäre es mir, wir wären die ganze letzte Nacht zusammen gewesen, zu Hause. Ein anderes Alibi habe ich nicht, aber ich brauche eins. Wenn ich sage, ich bin weg gewesen, aber gleich wiedergekommen, wird alles bloß furchtbar kompliziert, dann löchern die mich mit Fragen. Also ich weiß ja nicht, was du dazu sagst ...« – »Ist doch klar, Ernesto. Warum die Sache unnötig verkomplizieren?« – »Schließlich war es ein Unfall.« – »Ernesto, wir zwei sind an dem Abend zu Hause geblieben, nach dem Essen haben wir uns einen Film im Fernsehen angesehen, ich suche noch was Passendes aus dem Programm, dann haben wir uns geliebt und anschließend sind wir eingeschlafen.« – »Danke, Inés.« – »Ich liebe dich, Ernesto.« – »Ich dich auch.«

Er küsste mich auf den Mund, wie schon seit Jahren nicht mehr.

Geradezu beruhigt verließ ich sein Büro. Ernesto ging wesentlich souveräner mit der Situation um, als ich erwartet hatte, das war klar.

Auf dem Nachhauseweg hatte ich das sichere Gefühl, dass wir es an diesem Abend wie die Tiere treiben würden.

13

Fotokopien, die im Haus der Familie Pereyra gefunden wurden. Die Vorlage konnte bislang nicht identifiziert werden. Die Kopien befanden sich im Kofferraum des gewöhnlich von Frau Pereyra benutzten Personenkraftwagens unter dem Ersatzreifen. Die Anmerkungen am Rand wie auch in der Fußzeile sind in den hier wiedergegebenen Text eingearbeitet und durch Fettdruck hervorgehoben worden. Anstreichungen mit dem offenkundigen Zweck, die Aufmerksamkeit auf einen oder mehrere Sätze zu lenken, sind durch x wiedergegeben.

Es gibt verschiedene Todesarten. **Bzw. Tötungsarten!**

Wirksame Giftstoffe kommen heutzutage, anders als zu früheren Zeiten, nicht mehr ohne Weiteres in Betracht, da sie durch moderne rechtsmedizinische Methoden zu einem großen Teil mühelos nachzuweisen sind.

Schusswaffen sind inzwischen zwar immer einfacher zu beschaffen, sie weisen jedoch einen entscheidenden Nachteil auf: Waffe und Tötungsdelikt lassen sich auf relativ unkomplizierte Weise einander zuordnen, vielfach auch Waffe und Täter. Entsprechend finden Schusswaffen eher bei sorgfältig geplanten Gewaltverbrechen Verwendung. xxxxx

In Fällen spontaner Gewalttaten kommen dagegen für gewöhnlich weniger spezifische Waffen zur Anwendung, bspw. Küchenmesser, Scheren, Taschenmesser.

Ebenso verschiedene Arten von Gegenständen, deren Ge-

wicht ausreichend ist, um schwere Verletzungen zu verursachen, bspw. Hammer, Tischlampen, Schmuckgegenstände. **xxxxx Oder Baumstämme.**

Gewaltsame Einwirkungen auf den menschlichen Organismus haben Traumata *zur Folge. Wenn ein Gegenstand mit glatter oder rauer Oberfläche und ein menschlicher bzw. tierischer Körper zusammenprallen, wird ein Trauma verursacht, das man als Kontusion (Prellung) bezeichnet.*

Ursache von Kontusionen *können auch Stürze sein. Voraussetzung, um von einem Sturz zu sprechen, ist aus rechtsmedizinischer Sicht, dass sich die betreffende Person zuvor in aufrechter, stehender Position befunden hat.* **Beide standen, einer hat geschubst.**

Bei Stürzen aus größerer bzw. sehr großer Höhe scheint eine Tötungs- bzw. Selbsttötungsabsicht wahrscheinlicher als bei einem bloßen Fall aus aufrechter stehender Position. **Alles klar, war ein Unfall.**

War der Kopf des Opfers an einem heftigen Zusammenprall beteiligt, weist er für gewöhnlich Bruchstellen auf sowie Quetschungen an den Stellen, an denen Teile des Schädelknochens in die Gehirnmasse eingedrungen sind. Todesursache sind in diesem Fall Hirnverletzungen. Durch die Untersuchung der betroffenen Schädelregion lassen sich vielfach Rückschlüsse auf Art und Gestalt der verwendeten Tatwaffe sowie auf Körpergröße und Körperkraft des Angreifers ziehen.

14

Die nächsten Tage waren die Hölle. Nichts geschah!

Wie soll man hingebungsvoll Geschirr spülen, fegen oder bügeln, wenn man sich eigentlich darum kümmern müsste, ein Verbrechen zu vertuschen? Sosehr ich mich darum bemühte, den Zucker beim Karamellisieren nicht anbrennen zu lassen, das Essen rechtzeitig aus dem Tiefkühlfach zu nehmen oder gründlich das Klo zu putzen – in Gedanken war ich völlig woanders. Und dazu das ewig griesgrämige Gesicht unserer heranwachsenden Tochter!

Erst am Freitag tat sich etwas. Beim Mittagessen sah ich mir im Fernsehen die Nachrichten an. Das mache ich immer, aber mit leise gestelltem Ton, schließlich erzählen die manchmal Sachen, dass einem das Essen im Hals stecken bleibt. Erst wenn die Dame mit den neuesten Neuigkeiten aus Unterhaltung und Showbusiness oder der Wetterbericht an die Reihe kommt, drehe ich den Ton wieder lauter. An diesem Tag sah ich aber plötzlich ein bekanntes Gesicht vor mir, weswegen ich auch früher als gewohnt auf Laut stellte. Das Gesicht gehörte Charo, der Nichte der Deinen. Sie kam gerade aus einem Polizeikommissariat, begleitet von einem älteren Ehepaar, den Eltern der Verstorbenen, wie sich herausstellte. »Verstorben« war sie natürlich bloß für mich, der Fernsehsprecher redete von der »verschwundenen Tochter von Doktor Soria«. Die Meldung erregte ungewöhnlich großes Aufsehen, denn der Vater der Deinen war vor seiner Pensionierung ein bekannter Arzt gewesen, was die Sache für die Journalisten nur umso attraktiver machte. Die Eltern wirkten niedergeschlagen, und die Schwarzhaarige begleitete sie durch ein Spalier von Mikrofonen und Blitzlichtern zum Auto. Als Einzige beantwortete sie die Fragen der Journalisten. Ich sah sie mir genauer an. Ausgesprochen hübsch war sie nicht. Sie fiel auf, schon möglich, denn sie war sehr groß und hielt sich sehr aufrecht. Aber hübsch, nein. Irgendetwas störte mich an ihr, und zwar erheblich. Ich sah sie mir immer noch an, kam aber nicht darauf – bis die Kameras sie direkt von vorne ins Visier nahmen, kurz bevor sie ins Auto stieg: ihre Brüste! Genau die Art Brüste, die ich nicht ausstehen kann. Rund, fest, stolz. Junge Brüste. Wie ich sie, auch als ich jung war, nie hatte. Mama ebenso wenig. Deshalb hasste Mama auch die weitverbreitete Ansicht, perfekte Brüste passten genau in ein Sektglas – selbstverständlich ein rundes und kein lang gezogenes. Oder sind die lang gezogenen für Cidre? Wie auch immer, als Mädchen träumte ich davon. Ich versuchte, die Größe meiner Brüste zu schätzen, genau Maß zu nehmen traute ich mich nicht. Ich hatte Angst, die Gläser würden sich an meinen Brüsten festsaugen und ich bekäme sie nicht mehr ab. Der typische Blödsinn, auf den man kommt, solange man unschuldig ist. Heute bin ich mir meiner Beschränkungen bewusst: Meine Brüste würden diese Probe nicht bestehen. Die von Charo mühelos.

Ich schlug mir das Thema Brüste aus dem Kopf. Stattdessen zappte ich mich durch alle möglichen Nachrichtensendungen und stieß überall auf die gleiche Meldung vom »rätselhaften Verschwinden der Tochter von Doktor Soria«. Auf einmal tat mir die Deine leid. Nicht weil sie tot war. So ist das Leben, der eine kommt zur Welt, der andere stirbt. Niemand weiß, wann er an die Reihe kommt, aber an die Reihe kommt jeder irgendwann. Leid tat mir, wie alle von ihr sprachen: Alicia war auch jetzt noch nicht mehr als »die Tochter von Doktor Soria«. Natürlich konnte sie vor der Öffentlichkeit nicht »die Deine« sein. Im Vergleich damit hatte ich das Recht auf meiner Seite: Die Bezeichnung »Blancas Tochter« wurde ich los, indem ich »Ernestos Frau« wurde. Und so heiße ich wirklich gern, darauf gründet sich mein Platz auf dieser Welt. Mein eigenes Territorium. Außerdem ist es gut, wenn die anderen wissen, dass du nicht allein lebst, dass es einen Mann gibt, der dich beschützt, dass dir jemand hilft, wenn dein Auto einen Platten hat. Die Gesellschaft ist nun mal machistisch, ob man will oder nicht. Deshalb bestand Mama darauf, »die Witwe Lamas« genannt zu werden, obwohl Papa quicklebendig in einem anderen Teil der Welt umherspazierte.

Ich musste Ernesto unbedingt mitteilen, dass das Verschwinden der Deinen öffentlich bekannt gegeben worden war. Aber besser nicht am Telefon. Nichts ist leichter in diesem Land, als fremde Gespräche zu belauschen. Schließlich hatte ich selbst von dem verhängnisvollen

Rendezvous von Ernesto und der Deinen erfahren, indem ich zum Telefon griff. Und wenn man erst an all die angezapften, abgehörten, mitgeschnittenen Telefonate denkt ... Ich rede am Telefon immer bloß irgendwelchen Blödsinn. Bei dem Thema »die Deine« war dagegen größte Vorsicht angesagt. Außerdem, was war schon dabei, zu Ernesto ins Büro zu fahren, um ihm unter vier Augen Bericht zu erstatten?

Als ich ankam, telefonierte die Empfangsdame gerade, und ich ging ohne stehen zu bleiben an ihr vorbei zum Lift. In Ernestos Stockwerk stieg ich aus. Seine Sekretärin war logischerweise nicht anwesend, also marschierte ich auf direktem Weg in Ernestos Zimmer. Er war nicht allein, ihm gegenüber saß eine Frau. »Entschuldigung, ich wollte nicht stören.« Die Frau drehte sich um. Es war Charo. Sie weinte. Ernesto stellte sie mir vor. Sie stand auf, wischte sich die Tränen aus dem Gesicht und streckte mir die Hand entgegen. Hass auf ihre Brüste stieg in mir auf. In echt waren sie noch viel beeindruckender als im Fernsehen. Sie trug ein weißes T-Shirt, unter dem sich die Brustwarzen deutlich abzeichneten. »Das mit Ihrer Tante tut mir wirklich schrecklich leid«, sagte ich. »Hoffentlich gibt es dazu keinen Anlass«, erwiderte sie. Stinkordinär. Schließlich hatte ich mich bloß bemüht, meine Anteilnahme am Schicksal ihrer Familie auszudrücken. Manche Leute können einfach nicht anders.

Ernesto brachte sie zum Aufzug. Ich wartete im Büro auf ihn.

15

»Hör auf zu heulen, ich verstehe kein Wort.«

»Ist alles total Scheiße, verstehst du?«

»Was ist denn jetzt schon wieder?«

»...«

»Na sag schon!«

»Mein Vater ...«

»Du hast es ihm gesagt.«

»Nein!«

»Schon gut, schon gut, schrei nicht so, ich hab dir nichts getan.«

»...«

»Also ...«

»...«

»Komm, hör auf zu weinen.«

»...«

»Lass gut sein, sag lieber, was los ist.«

»Mein Vater hat eine Freundin!«

»Was? Du spinnst wohl.«

»Nein.«

»Der tut doch immer so heilig.«

»Er ist ein totales Arschloch.«

»Bist du sicher?«

»Ja, ich hab die Briefe von der gelesen.«

»Wie bist du denn an die gekommen?«

»Die waren in der Garage, in dem Versteck von meiner Mutter.«

»Das heißt, sie weiß Bescheid.«

»Und sie tut, als merkt sie nichts. Die ist noch viel schlimmer als er.«

»Na super.«

»Total widerlich.«

»Und du hattest Angst, dass dein Vater was mitkriegt ...«

»Total bescheuert.«

»Dann erzähl es ihm doch!«

»Wozu?«

»Damit er dir wenigstens Geld gibt, das brauchst du schließlich.«

»Sein Geld kann er sich sonst wohin stecken.«

»...«

»...«

»Und sonst ist alles ganz normal bei euch?«

»Ja, total die Heuchler. Schlafen in einem Bett, alles, was du willst.«

»Und vögeln tun sie auch?«

»Was weiß ich.«

»Also ich finde, da muss man ganz schön hart drauf sein, um mit einem zu vögeln, wenn du weißt, der vögelt nicht bloß mit dir ...«

»...«

»Entschuldige, natürlich ist er dein Vater, aber es stimmt doch, oder?«

»Bei meiner Mutter wundert es mich überhaupt nicht, aber mein Vater ... Das hätte ich nie gedacht.«

»Die sind doch alle so, dir sagen sie, wie man es machen soll, und selber tun sie, wozu sie Lust haben.«

»Das mache ich jetzt auch.«

»Genau, tu, wozu du Lust hast, und lass dich von denen bloß nicht verarschen.«

»…«

»Hast du das Geld jetzt?«

»Ich weiß noch nicht, was ich machen soll.«

»Also, ich leih dir jedenfalls so viel, wie ich gesagt habe.«

»Ich weiß noch nicht, was ich mache.«

»Viel Zeit bleibt dir nicht.«

»Das weiß ich selbst.«

16

Ernesto begleitete Charo zum Lift. Er sah sich im Gang um, und als er sich vergewissert hatte, dass niemand in der Nähe war, küsste er sie. Das war der reine Wahnsinn, hätte Inés etwas mitbekommen, wäre die Hölle los gewesen. Trotzdem tat er es. Charo machte sich wütend von ihm los. Doch nicht hier und jetzt! Sie war aufgeregt. Die Sache war komplett schiefgegangen. Sie drückte mehrere Male auf den Aufzugknopf. Die Tür öffnete sich. Sie betrat den Lift. Während die Tür sich wieder schloss, sah sie Ernesto an, sah ihn einfach nur an, ohne ein Wort zu sagen.

Ernesto ging zurück ins Büro. Es passte ihm gar nicht, dass Inés ihn dort erwartete, aber was sollte er machen, er war auf ihre Unterstützung angewiesen. Nach dem tödlichen Sturz Alicias am See hatte er geglaubt zu sehen, wie Inés in ihr Auto stieg und davonfuhr. Vielleicht hatte er sich das ja auch nur eingebildet, was kein Wunder wäre bei dem Zustand, in dem er sich damals befand. Aber ihr Benehmen am nächsten Morgen verriet ihm, dass es sich keineswegs um Einbildung gehandelt hatte: Inés war offenkundig dort gewesen und hatte alles mit angesehen, daran konnte kein Zweifel sein.

Deshalb musste Ernesto auch sichergehen, dass Inés unter keinen Umständen und mit niemandem über die Sache sprach. Er musste ihr das Gefühl geben, ein Teil des Ganzen zu sein, und zwar ein entscheidender Teil. In diesem Fall würde er sich auf sie verlassen können, todsicher, Ernesto kannte sie nur zu genau. Gefährlich wäre es dagegen, sie auszuschließen, sie zu einem funktionslosen Ersatzteil zu degradieren. Dann wäre sie imstande, die gesamte Konstruktion zum Einsturz zu bringen.

Ernesto hatte sich in seiner Einschätzung nicht getäuscht. Sobald er wieder im Büro an seinem Schreibtisch saß, stellte er fest, dass seine Frau komplett im Bilde war. Ohne Umschweife erklärte Inés ihm das Alibi. Sie hatte sich alles genau zurechtgelegt: Sie hatten zusammen einen Film angesehen, *Psycho*. Der lief an dem Abend, als Alicia starb, um zweiundzwanzig Uhr auf Kanal 23. Anschließend hatten sie sich ausgiebig geliebt, das Licht ausgemacht und geschlafen. Beide würden Wort für Wort die gleiche Geschichte erzählen. Dass sie sich ausgiebig geliebt hatten, war vielleicht nicht unbedingt notwendig, aber es war der Teil, der Inés am besten gefiel, und Ernesto wagte nicht, etwas dagegen einzuwenden.

Er hörte zu und dachte dabei an Charo. Er begehrte sie. Charo. In diesem Moment wäre er am liebsten bei ihr gewesen. Unfassbar, wie sich sein Leben buchstäblich über Nacht verändert hatte. Keine Woche war es her, da hatte er vorgehabt, nach Brasilien zu fahren. Mit Charo. Sie hatte es sich gewünscht. Er war zum Reisebüro gegangen und hatte Tickets bestellt. Und das – die Tickets – war der Anfang vom Ende gewesen. Ernesto hatte darum gebeten, die Tickets zu seinen Händen zu schicken, aber sie waren bei Alicia abgegeben worden, seiner Sekretärin, die sonst alle Angelegenheiten bei ebendemselben Reisebüro für ihn erledigte. Außer diesmal, denn diesmal würde er mit Charo verreisen, und davon durfte Alicia nichts erfahren. Alicia nahm die Tickets in Empfang, las die Aufschrift »A. Soria« und glaubte selig, damit sei sie gemeint, Alicia, und nicht etwa ihre Nichte Amparo – auch Charo genannt beziehungsweise »die Deine«, wie Charo immer ihre Briefe unterschrieb. Dabei war Alicia sieben Jahre lang für Ernesto »die Deine« gewesen. Bis ihre Nichte auftauchte. Alicia hatte sie ihm eines Tages selbst vorgestellt, in ihrer Wohnung, und bald darauf waren die beiden ein Paar. Alicia hatte nie etwas davon gemerkt. Ernesto war ein wenig distanzierter geworden, das spürte Alicia, aber sie maß dem keine große Bedeutung bei. Bis zu dem Tag, als sie die Tickets in der Hand hielt. Da mussten sie es ihr sagen. Charo übernahm das. Alicia verpasste ihr eine Ohrfeige und warf sie aus der Wohnung.

Inés sprach weiter, aber Ernesto hörte auch jetzt nicht zu. Er wünschte, sie würde endlich gehen. Sie fragte nach Charo, was sie so mache im Leben. ›Was geht dich das an?‹, dachte Ernesto. Als Antwort sagte er wahrheitsgemäß, sie sei Fotografin und arbeite für eine Zeitschrift. Dabei stellte er sich vor, wie er auf der Suche nach Charo im Nachtleben unterwegs war. So kam Charo für gewöhnlich zu ihren Aufnahmen: Sie zog von einem Club zum anderen und versuchte, Prominente vor die Linse zu bekommen. Er stellte sie sich irgendwo an einer Theke stehend vor. Ihr großzügig geschnittenes Oberteil gab den Blick auf die Träger ihres Mieders frei. Ein weißes Mieder. Nein, besser noch: schwarz. Vor ihr auf der Theke stand ein Drink. Fast berührte er sie – aber da stand Inés auf, um zu gehen. Er begleitete sie zum Lift, wartete aber nicht, bis er da war. Er ging in sein Büro zurück und rief Charo an. Es nahm niemand ab. Er versuchte es noch einmal. Sie hatte ihr Handy offenbar abgestellt. Da machte er sich auf die Suche nach ihr. Er klapperte mehrere Bars ab und fand sie schließlich in einem neuen Lokal unter der Eisenbahnbrücke. Bei seinem Anblick verzog Charo ärgerlich das Gesicht. Ernesto wusste genau, worauf er sich einließ. Charo wollte nicht, dass sie in der Öffentlichkeit zusammen gesehen wurden, das war zu gefährlich. Aber ihm war es egal. Er wollte sie berühren, sie spüren. Er hielt ihrem Blick stand. Sie unterhielt sich gerade mit jemandem an der Theke. Ernesto ging langsam auf sie zu. Charo verabschiedete sich von ihrem Gesprächspartner, nahm die Kamera und gab ihm durch ein Zeichen zu verstehen, dass er ihr folgen solle. Sie bahnte sich einen Weg durch die dicht gedrängt stehenden Besucher des Lokals. Es war laut dort drinnen und verraucht. Ernesto dachte schon, er habe sie aus den Augen verloren, aber da sah er, wie sie durch einen Seitenausgang schlüpfte. Er ging hinterher und stand plötzlich in einem Lagerraum, wo Getränke und andere Vorräte aufbewahrt wurden. Von Charo keine Spur. Er ging ein paar Schritte weiter. Plötzlich kam Charo hinter einem großen Kühlschrank hervor und verstellte ihm den Weg. »Sag mal, hast du sie noch alle?«, fuhr sie ihn an. Worauf Ernesto sie wortlos an die Wand drückte und gierig küsste und betatschte. Es konnte ihm gar nicht schnell genug gehen. Charo wehrte sich und sagte, er sei wohl verrückt geworden. Aber für Ernesto gab es kein Halten mehr. Charo wehrte sich immer noch, aber er gab nicht auf. Bis sie alle Gegenwehr einstellte.

Morgens um zwei kam Ernesto nach Hause. Inés hatte ihm das Essen bereitgestellt. Daneben ein Kerzenständer und ein Zettel: »Weck mich, wenn du da bist«. Darunter hatte sie ein Herz gemalt. Ernesto erschrak. Seine Frau wollte offensichtlich mit ihm schlafen, wozu er nicht die geringste Lust verspürte, erst recht nicht, nachdem er gerade mit Charo zusammen gewesen war.

Ernesto wusste genau, was jetzt folgen würde – sie waren schon seit so vielen Jahren verheiratet. »Schläfst du, Erni?« – »Nein.« – »Willst du zu mir kommen?« – »Na gut.« Er würde sich auf sie legen, anfangen, irgendwann fertig sein, einschlafen. Und währenddessen würde Inés laute Seufzer von sich geben, einer so gekünstelt und falsch wie der andere.

Ernesto machte das Licht in der Küche aus und schlich nach oben. Er warf einen Blick in Lalis Zimmer, ging hinein und betrachtete sie. Bei dem Gedanken, dass sie schon bald auf Klassenreise gehen werde, versetzte es ihm einen Stich. Es ließ sich nicht vermeiden, natürlich nicht, aber es versetzte ihm einen schmerzhaften Stich, wie alles, was geschehen war und wovon sie keine Ahnung hatte und was sie auch nie erfahren durfte. Er wünschte sich, sie wäre wieder das kleine Mädchen, das Hoppe-hoppe-Reiter spielen will und sich zum Einschlafen ein Gutenachtlied vorsingen lässt. Aber seine Tochter war inzwischen siebzehn Jahre alt. Und dafür, dass alles noch einmal von vorne anfangen könnte, war zu viel geschehen, den Traum konnte er sich aus dem Kopf schlagen.

Leise betrat er das Schlafzimmer. Auf seinem Kissen lag ein zweiter Zettel mit der Aufschrift »Weck mich, wenn du da bist«. Daneben eine Praline und eine Video-kassette. *Psycho*. Ernesto versuchte, so sanft wie irgend möglich ins Bett zu gleiten. Vorsichtig drehte er sich in seine gewohnte Schlafposition und wartete. Dann zog er die Decke hoch und schloss die Augen. Er bildete sich ein, er habe es geschafft. Aber da hatte er sich getäuscht.

»Schläfst du, Erni?«, fragte Inés.

17

Fotokopierte Zusammenfassung eines Beitrags aus einer mexikanischen Fachzeitschrift für Rechtsmedizin, Titel: »Die Abfassung des Autopsieberichts unter besonderer Berücksichtigung der Totenstarre-Problematik«. In den vorliegenden Kopien sind keine Randbemerkungen zu verzeichnen; stattdessen wurden einzelne Wörter oder Absätze mit grünem Leuchtstift markiert.

Nach Eintritt des Todes sinkt die Körpertemperatur über einen Zeitraum von zwölf Stunden kontinuierlich um je ein Grad pro sechzig Minuten.

In den darauffolgenden zwölf Stunden verlangsamt sich die Geschwindigkeit der Temperaturabnahme um nahezu fünfzig Prozent. Befindet sich der Leichnam unter Wasser, schreitet die Abnahme der Körpertemperatur wesentlich rascher voran. (**Absatz farbig markiert**)

Anhand des Auskühlungsgrades des Körpers sowie der Ausbreitung der Totenstarre resp. -flecken lassen sich Rückschlüsse auf den Zeitpunkt des Todeseintritts ziehen.

Der rigor mortis – auch bekannt als Totenstarre – ist das Ergebnis eines chemischen Vorgangs: Der vormals saure Zustand im Körperinneren wandelt sich in einen alkalischen um, was eine fortschreitende Anspannung der Muskeln zur Folge hat. Die Starre tritt zuerst an den Augenlidern auf und erfasst von dort in absteigender Bewegung das Gesicht, den Rumpf und zuletzt die Beine.

Ist die Totenstarre so weit fortgeschritten, ist die Unbeweglichkeit des Leichnams durchaus derjenigen eines Baumstamms vergleichbar. (**Das Wort** ›**Baumstamm**‹ **farbig markiert**) Dieser Zustand ist jedoch nicht von unbegrenzter Dauer: Er hält bis zu zwei Tagen an, dann lässt die Anspannung der Muskeln nach, und zwar in der gleichen Reihenfolge wie zuvor bei der Ausbreitung der Totenstarre: Die Entspannung beginnt folglich bei den Augenlidern, erfasst anschließend das Gesicht, den Rumpf und zuletzt die Beine.

Dem vorausgehend setzt die Bildung der sog. livores mortis, bzw. Leichenflecken, ein, die einen wichtigen Faktor zur Bestimmung der Todeszeit darstellen. Sobald das Herz zu schlagen aufhört und damit der Blutkreislauf unterbrochen wird, bewirkt die Schwerkraft ein Absinken der roten Blutkörperchen in die tiefer gelegenen Köperteile. Aus diesem Grund kommt es ungefähr dreißig Minuten nach Eintritt des Todes in den entsprechenden Körperregionen zu erhöhten Farbkonzentrationen. Im Falle eines Todes durch Vergiftung ist eine intensive Verfärbung die Folge; bei Verwendung von Zyanid ist jedoch lediglich ein leichter Rosaton festzustellen. Wurde der Tod durch die erhöhte Aufnahme von Kohlenmonoxid verursacht, weisen die tiefer liegenden Körperpartien wiederum eine leuchtend rote Färbung auf.

All dies ist nicht in gleichem Maße gültig, wenn der Leichnam erst längere Zeit nach Todeseintritt aufgefunden wird. In einem solchen Fall muss darüber hinaus der Zustand des

Körpers in Zusammenhang mit dem Ort betrachtet werden, an dem er sich während dieser Zeit befunden hat. (**Absatz farbig markiert**)

Handelte es sich hierbei um einen warmen, trockenen Ort, ist die Folge weniger ein Zerfall des Gewebes als vielmehr dessen Austrocknung. So etwa bei unter Parkett oder im Inneren von Schränken liegenden Körpern. Sind solche Orte ausreichend belüftet, erfolgt die Austrocknung innerhalb kurzer Zeit. Die Leiche schrumpft – vergleichbar der Umwandlung von Weintrauben in Rosinen. Die Gesichtszüge der Verstorbenen bleiben dabei auch nach vielen Jahren erkennbar.

Unter freiem Himmel oder nur wenig unterhalb der Erdoberfläche durchläuft eine Leiche einen rascheren Zerfallsprozess. Derlei feuchtwarme Umgebungen sind der Vermehrung und Ausbreitung von Bakterien förderlich. In tiefer liegenden Grabstätten mit entsprechend niedrigerer Luftzirkulation entwickeln sich Bakterien nicht in gleicher Weise, was zu einer Verlangsamung des Zersetzungsprozesses führt.

Jüngere wie auch übergewichtige Leichen zerfallen schneller, Grund hierfür sind die höheren Fettanteile.

Was geschieht jedoch mit einem Leichnam im Wasser? (**Absatz farbig markiert**)

Beim Fund einer Wasserleiche erfolgt zunächst, unabhängig von weiteren Spezifizierungen, die Abklärung, ob der Tod durch Ertrinken oder durch Erfrieren nach längerem Aufenthalt in kaltem Wasser eingetreten ist oder aber bereits vor dem Sturz – mit oder ohne Fremdeinwirkung – ins

Wasser eingetreten war. Bei einem Tod durch Ertrinken sind die Lungen stark aufgebläht, und im Magen befindet sich Wasser.

Der Zerfallsprozess verläuft jedoch ungeachtet der im vorangehenden Absatz aufgeführten unterschiedlichen Todesursachen bei allen Wasserleichen ähnlich bzw. in einer deutlich anderen Weise als bei in der Erde oder an der Luft verwesenden Leichen. Hierbei sind mehrere Aspekte zu beachten: 1. Die Auskühlung der Leiche erfolgt im Wasser innerhalb weniger Stunden. 2. Die Leichenfärbung weist einen deutlich anderen Charakter auf: Die Haut der Leiche ist von anormaler Blässe; zudem präsentiert sie sich als sogenannte Gänsehaut, also mit aufgerichteten Haarfollikeln. 3. Die Leichenstarre wiederum setzt später ein, wird andererseits aber auch erst mit deutlicher Verzögerung wieder aufgelöst: Eine Wasserleiche kann bis zu sechsundneunzig Stunden im Zustand der Totenstarre verbleiben.

Mit fortschreitender Zersetzung kommt es im Unterleib der Leiche zur Bildung eines beträchtlichen Gasvolumens. Dies wiederum führt frühestens nach zwei Tagen im Wasser zum allmählichen Aufsteigen des Körpers an die Wasseroberfläche. (**Absatz farbig markiert**)

Ausnahmen hiervon sind Leichen, die durch Algen oder Gegenstände am Grund fixiert sind. (**Absatz farbig markiert**)

18

»Ich werde dich vermissen, Liebling.«

»Schon gut, Papa. Ich muss jetzt einsteigen.«

»Pass auf dich auf, Lali. Zieh dich immer warm an und iss ordentlich!«

»...«

»Mama betet dafür, dass du gesund wieder heim-kommst.«

»Seit wann hast du es denn mit dem Beten?«

»...«

»Egal, was ist, du kannst uns jederzeit anrufen. Zu Hause oder bei mir im Büro, wo auch immer.«

»Okay. Ciao!«

»Halt – krieg ich keinen Kuss?«

»...«

»Ciao! Mama hat dich ganz fest lieb!«

»Pass auf dich auf, meine Liebe. Und sei vernünftig!«

»Was meinst du mit ›vernünftig‹, Papa?«

»Dass du dich anständig benehmen sollst und so ...«

»Dich habe ich nicht gefragt.«

»Nichts, Liebling, du sollst bloß keine Dummheiten anstellen, dich auf nichts Gefährliches einlassen, keine Ahnung, weiß auch nicht, was ich damit sagen wollte.«

»Dann sag nächstes Mal lieber nichts.«

»...«

»...«

»Krieg ich noch einen Kuss?«

»…«

»Ciao, Lali.«

»Ciao, mein Liebling.«

»…«

»…«

»…«

»Mein Gott, warum ist sie bloß immer so aggressiv?«

»Sie ist nervös, Inés, das ist alles.«

»Sie ist aggressiv. Wie komme ich nur zu so einer aggressiven Tochter?«

»Jetzt wink schon, komm, und mach nicht so ein Gesicht, sie sieht doch aus dem Fenster.«

»Ciao, Liebling, viel Spaß!«

»Ciao, meine Liebe, und pass auf dich auf!«

19

Fünf Monate später

Die Sache lief ziemlich gut. Die Leiche der Deinen war immer noch nicht aufgetaucht, und das führte zu einer völlig unvorhergesehenen Situation: ohne Leiche kein Mord und natürlich auch kein Mörder. Nicht einmal ein Unfall. Stattdessen die absurdesten Spekulationen über die möglichen Hintergründe von Alicias Verschwinden, an denen Ernesto und ich uns in der Gegenwart anderer beteiligten, indem wir uns vollkommen ahnungslos stellten. Tag für Tag führten wir diese Komödie auf, bei der wir uns nicht den kleinsten Versprecher leisten durften. Ich ging dermaßen in meiner Rolle auf, dass ich sie, selbst wenn ich allein war, nicht ablegte. Das ging so weit, dass ich mich eines Tages beim Duschen bekümmert fragte: »Was mag bloß der armen Alicia zugestoßen sein?« Im selben Moment begriff ich, dass ich meine Sache hervorragend machte. Aber ich probte ja auch schon seit Monaten. Manchmal glaubte ich, bald verrückt zu werden, so sehr steigerte ich mich in meine Rolle hinein. Fast wie damals, als Mrs. Curtis, meine Sprachlehrerin, zu mir sagte: »*Think in English!*« Fragte mich jemand nach Alicias Verschwinden, brauchte ich nicht lange zu überlegen – ich war die Frau Ernestos, dessen Sekretärin war verschwunden, und seither hatten wir nie mehr von ihr gehört.

Die Polizei verfügte über keinerlei konkrete Hinweise. Fast ein halbes Jahr nach dem Vorfall hatten sie weder Verdächtige noch eine Spur noch sonst irgendwelche Indizien vorzuweisen. Ernesto wurde schon seit Langem von niemandem mehr befragt. Die Einzigen, die die Angelegenheit nicht vergessen zu haben schienen, waren Alicias Eltern. In regelmäßigen Abständen tauchten sie im Fernsehen auf, natürlich mit der Absicht, dafür zu sorgen, dass ihre Tochter nicht vollends in Vergessenheit geriet.

Es hätte ewig so weitergehen können, aber eines Tages erschien Ernesto und sagte: »Inés, von jetzt an sollten wir so leben, als hätte es den Unfall nie gegeben.« Ich wusste nicht genau, was er damit meinte, aber ich war einverstanden. Mein Gefühl sagte mir, es gehe ihm darum, noch einmal neu anzufangen. Als eine Familie wie jede andere auch, mit ihren ganz normalen Problemen. Die Vorstellung gefiel mir sehr. Ich bekam feuchte Augen. Damit nahm unsere Geschichte eine radikale Kehrtwendung. Hätte ich Mama davon erzählt, wäre ihr bestimmt etwas aufgefallen. Sofort. Sie hatte schon immer ein Gespür für so was. Für meinen Geschmack ist sie ein bisschen zu pessimistisch, aber für bestimmte Dinge hat sie unbestreitbar ein Gespür. Ich dagegen war stets nachgiebig, wohlwollend, voll Vertrauen in meine Mitwelt. Ich hatte allerdings auch nicht durchstehen müssen, was meine Mutter durchgestanden hatte. Schmerzvolle Erfahrungen härten nicht bloß ab, sie machen einen auch wach. Jetzt bin ich selbst klüger. Aber als Ernesto damals ankam und sagte, er wünsche sich, alles könne wieder so wie früher sein, strahlte ich wie ein Honigkuchenpferd. Ich war immer schon dafür, nach vorne zu schauen. Man kann sich nicht ein Leben lang vor die Brust schlagen, weil man meint, an allem die Schuld zu haben – *mea culpa, mea culpa, mea maxima culpa*. Nein. Zugegeben, uns war Furchtbares widerfahren, wie ich es niemandem auf der Welt wünsche. Aber was sollten wir tun? Alle Religionen kennen die Vorstellung von einer Vergebung der Sünden für den, der sich reuig zeigt. Und wir empfanden Reue, große Reue. Wenn aber Gott verzeiht, was bleibt da dem Menschen anderes übrig?

Ernesto sollte eine Woche später eine Dienstreise nach Brasilien absolvieren. »Wie lange wirst du weg sein, Erni?« – »Also der Kongress ist am Donnerstag und am Freitag, und am Montag sind noch zwei Arbeitstreffen, da bleibe ich natürlich übers Wochenende dort.« – »Ausgerechnet Brasilien, wo du doch Hitze nicht ausstehen kannst!« – »Tja, das bringt der Beruf so mit sich, Inés.«

Am Tag vor der Abreise richtete ich seine Sachen. Einen kleinen Koffer und eine Tasche fürs Handgepäck. Immer habe ich für ihn gepackt, wenn er irgendwohin reiste. Zwei Anzüge, je fünf Unterhosen beziehungsweise -hemden, zwei Freizeithosen, zwei Badehosen, falls er zwischendrin mal Pause hat, drei T-Shirts, drei Hemden, zwei Krawatten, oder lieber drei, sonst kommt er noch damit, dass sie farblich nicht passen, zwei Paar

Schuhe, eins in Kombination mit dem Anzug, das andere leichte Freizeitschuhe, Hausschuhe, zwei Gürtel, vier Paar Strümpfe. In die Tasche kam alles, was Ernesto immer bei der Hand haben muss: die Vitamintabletten, der Rasierapparat, der Rasierschaum, die Zahnbürste und die Zahncreme, Zahnseide – Ernesto kann ohne Zahnseide nicht leben –, Deo, ein Foto von uns dreien. Das Foto mit einzupacken war meine Idee. Auf jeden Fall: Bloß nichts vergessen, sonst würde ich Ernesto mal wieder kennenlernen!

An diesem Abend erwartete ich ihn mit einem ganz besonderen Essen. Pfeffersteaks mit Rahmkartoffeln, Ernestos Lieblingsspeise. Ich hatte Kerzen aufgestellt, einen guten Wein aufgemacht und ein Duftlämpchen angezündet, mit einer Blütenessenz, die, wie man mir im Geschäft gesagt hatte, unsere niedrigen Instinkte zum Leben erwecken würde. Ich wollte einen standesgemäßen Abschied mit allem Drum und Dran. Ich trug neue Spitzenwäsche und dazu sogar ein Babydoll, das ich extra für diesen Abend gekauft hatte. Seit Jahren hatte ich kein Babydoll mehr angehabt! Lali sollte möglichst früh im Bett verschwinden. Andernfalls hätte Ernesto sich wieder einzig und allein um sie gekümmert. Das war gar nicht so einfach. Ich glaube, sie blieb nur deshalb unten, weil sie merkte, dass ich sie nicht dahaben wollte. Dabei sagte sie kein Wort. Sie sah mich bloß merkwürdig an, als ob sonst was wäre. Weibliche Teenager genießen es, ihre Eltern zu quälen. Als wollten sie sich an uns für irgendetwas rächen – aber wofür? Sie sind alle gleich: selbstgerecht, verbiestert und verstockt. Man braucht sie bloß um etwas zu bitten, damit sie genau das Gegenteil davon tun. Aber an diesem Abend hatte ich ganz bestimmt nicht vor, einer streitsüchtigen jungen Dame aus ihren Nöten zu helfen. Also provozierte ich sie. Ich brachte das Gespräch auf ein Thema, bei dem Ärger vorprogrammiert ist. Es gibt mehrere solche Themen. Ich hätte zum Beispiel damit anfangen können, dass sie gefälligst endlich ihr Zimmer aufräumen solle, oder eine ihrer Freundinnen schlecht machen, weil die immer auf so verrückte Ideen kommt. Aber um hundertprozentig sicherzugehen, wählte ich ein Thema, bei dem Lali unweigerlich die Fassung verliert – das Essen. Ich sagte, ich fände sie ganz schön dick, in der letzten Zeit esse sie wohl ein bisschen viel, bei ihr sei das nicht wie bei mir, ich könne so viel essen, wie ich wolle, ich würde einfach nicht dick, wenn sie so weitermache, werde sie noch die reinste Tonne, und den Jungs gefalle so etwas heutzutage überhaupt nicht. Dann hielt ich ihr einen Artikel über eine Diät unter die Nase, den ich für sie aufbewahrt hatte. Es klappte. Sie schleuderte mir die Zeitung ins Gesicht, schrie: »Mann, bist du doof!« und schloss sich heulend in ihrem Zimmer ein.

Ernesto kam erst um Viertel vor elf. Die Blütenessenz duftete mittlerweile nach verbranntem Zucker. Er aß nur ein paar Kartoffeln. »Ich habe bis spät gearbeitet und nebenbei was Kleines gegessen.« Ich fragte vorwurfsvoll, warum er nicht angerufen habe. »Stimmt, ich habe nicht angerufen«, war alles, was er dazu sagte.

Wir gingen hinauf. Als ich in meinem Babydoll aus dem Bad kam, hatte Ernesto schon das Licht ausgemacht. Ich schaltete es wieder an, aber er hielt die Augen geschlossen. Ich schaltete das Licht wieder aus und rieb meinen Fuß an seiner Wade. Sofort zog er sein Bein zurück. ›Wahrscheinlich habe ich kalte Füße‹, sagte ich mir. Ich versuchte es auf direkterem Wege: »Kommst du, Erni?« Ernesto schaltete die Nachttischlampe an, griff nach einem himmelblauen Ordner, der danebenlag, schlug ihn auf und fing an zu lesen. »Ich bin ziemlich nervös wegen der Reise, Inés. Ich muss auf dem Kongress eine Präsentation abhalten, das lässt mir einfach keine Ruhe. Ich würde lieber noch ein bisschen darin lesen, dann schlafe ich entspannter.« Jeder entspannt auf seine Art. »Schon gut, Ernesto, ruh dich aus«, sagte ich und zog die Decke hoch.

Am nächsten Morgen fragte ich, ob ich ihn zum Flughafen bringen solle. »Lass nur, die Firma schickt einen Wagen«, antwortete Ernesto. Er ging hinauf, um Lali Tschüs zu sagen. Er blieb eine ziemliche Weile bei ihr. Sie heulte ihm bestimmt etwas vor wegen meines Streits mit ihr vom Vorabend. So war das immer, sie verdrehte ihm den Kopf und wiegelte ihn gegen mich auf, schon als sie noch ganz klein war. Außerdem waren sie schier unzertrennlich, sie brauchten eine Ewigkeit, um Abschied voneinander zu nehmen – wenn einer der beiden verreiste.

Wenn ich mal irgendwohin fuhr, wurde nie so ein Theater gemacht. Schon gar nicht von Lali. Ich sah sie vor mir, sie blickten sich in die Augen, tauschten zärtliche Worte, Lali weinte ein paar Krokodilstränen, er tröstete sie. Als käme er nie mehr zurück!

So sind die beiden, immer müssen sie übertreiben, jedes Mal das gleiche Spektakel.

20

»Schläfst du?«

»…«

»Lali …«

»Was willst du, Papa?«

»Mich verabschieden. Ich bin bis Montag fort.«

»Ciao.«

»Bekomme ich keinen Kuss?«

»Lass mal, Papa, ich fühle mich nicht gut.«

»Hast du Kopfschmerzen?«

»Nein.«

»Was denn dann?«

»Mir ist schlecht, ich glaube, ich muss mich überge-ben.«

»Was hast du gestern zu Abend gegessen?«

»Nichts, Papa, gar nichts habe ich gegessen.«

»Lali, das ist nicht gut für dich. Deswegen ist dir be-stimmt schlecht.«

»…«

»Soll ich Mama sagen, dass sie dir das Frühstück bringt?«

»Nein!«

»Du fängst doch jetzt nicht etwa mit diesem Quatsch an von wegen zu dick sein und dauernd Diät machen und so, oder?«

»Heute bist du wirklich mal wieder superschlau.«

»Lali, ich bin dein Vater!«

»…«

»Am Ende wirst du noch magersüchtig.«

»Red nicht so einen Blödsinn, Papa.«

»Das ist kein Blödsinn, Lali. Ich sag Mama jetzt, sie soll dir das Frühstück raufbringen.«

»Nein! Ich will weiterschlafen, kapierst du?«

»…«

»…«

»Na gut.«

»…«

»…«

»…«

»Ich muss jetzt los. Gleich kommt das Taxi.«

»Ciao.«

»Ich fahre nach Brasilien, weißt du?«

»…«

»Nach Rio.«

»…«

»Wegen meiner Arbeit.«

»Na schön.«

»Soll ich dir etwas aus dem Duty-free mitbringen?«

»…«

»Ein Parfüm vielleicht?«

»Was du willst.«

»Nein, sag mir, was, von allein finde ich nie das Richtige.«

»Also gut, ein Parfüm.«

»Irgendein bestimmtes?«
»Nein, irgendeins, Papa.«
»Und iss ordentlich, ja?«
»…«
»Bis dann.«
»Ciao.«

21

Es hupte vor unserem Haus. Das Taxi für Ernesto. Wir verabschiedeten uns mit einem Kuss. Es war kein Suuuper-Kuss, aber immerhin ein Kuss – für ein seit so vielen Jahren verheiratetes Paar jedenfalls eine ziemlich große Sache. Normalerweise hören die Leute im Lauf einer Ehe auf, sich zu küssen. Jeder weiß das, auch wenn niemand darüber sprechen will. Daran ist auch nichts Besonderes, es ist einfach so. Manchmal küsst man sich vor den anderen, um zu zeigen, dass man es immer noch tut. Sozusagen: »Seht ihr?« Aber unter vier Augen ist es etwas anderes, da besteht keinerlei Notwendigkeit dafür. Und wenn doch, dann weil er oder sie oder beide fürchten, es sei nicht gut, sich nicht mehr zu küssen. Da die Ehepartner nie mit jemand anderem darüber sprechen, wissen sie auch nicht, dass es allen so geht. Ausnahmslos. Selbst denen, die noch ein mehr oder weniger aktives Sexualleben pflegen. Manche lieben sich streng regelmäßig einmal pro Woche. Bestenfalls zweimal. Aber mit dem Küssen ist das etwas anderes. Das Küssen verliert nur allzu bald seinen Reiz.

Ich begleitete ihn zur Tür und wartete, bis das Taxi losfuhr. Ich winkte hinterher. Er nickte mir zu und hob die Hand, aber ohne zu winken. Dann ging ich in die Küche und trank meinen Morgenkaffee. Dabei las ich in aller Ruhe die Zeitung. Die Vorstellung, ein ganzes Wochenende alleine verbringen zu müssen, störte mich nicht. Lali wollte mit einer Freundin zum Wochenendhaus von deren Familie fahren. Besser so, für uns beide. Nach dem Streit vom Vorabend war die Stimmung ohnehin ziemlich angespannt. Ich würde einmal nur an mich selbst denken und all das tun können, wozu man sonst nie kommt, wie zum Beispiel ein langes Bad nehmen, mit einem schönen hautpflegenden Zusatz, dann ein ausgiebiger Einkaufsbummel, von dem ich mir einen dieser Liebesfilme mitbringen würde, die Ernesto nicht ausstehen kann, und essen, was gerade da ist, ohne für jemanden kochen zu müssen. Bei dieser Vorstellung wurde meine Laune immer besser. Es war wie ein Wellnesswochenende, aber im eigenen Haus.

Ich ging hinauf, um mich umzuziehen. Als ich das Zimmer betrat, fiel er mir zunächst nicht auf, obwohl er direkt vor meinen Augen lag. Ich zog mich um, kämmte mich, schminkte mich dezent, und erst als ich schon wieder aus dem Zimmer gehen wollte, sah ich ihn. Als hätte er nach mir gerufen: Ernestos himmelblauer Ordner. Er lag auf dem Nachttisch, genau dort, wo Ernesto ihn hingelegt hatte, nachdem er sein Skript für die Präsentation noch einmal durchgegangen war. »Wo hast du nur wieder deinen Kopf gehabt, Ernesto, da liegt ja dein Ordner!«, dachte ich. Und ohne lange zu überlegen, stieg ich ins Auto und machte mich auf den Weg zum Flughafen Ezeiza. Wie wohl jede Frau an meiner Stelle.

Ich fuhr schneller als sonst. Schließlich musste ich da sein, bevor Ernesto eingecheckt hatte, wenn ich ihm den Ordner noch zukommen lassen wollte. In Gedanken stellte ich alle möglichen Berechnungen an, um herauszufinden, ob ich es noch rechtzeitig schaffen könnte. Er musste bereits seit einer Weile am Flughafen sein. Er war ziemlich früh gestartet, bei seiner Ankunft dürften nicht allzu viele Leute in der Warteschlange vor ihm gestanden haben. Kein Mensch kommt zwei Stunden vor dem Abflug, auch wenn die Fluggesellschaften das gerne hätten. Ernesto schon, in solchen Dingen ist er sehr pflichtbewusst. Und konsequent. Das heißt, er dürfte gleich nach dem Einchecken den Wartebereich im ersten Stock angesteuert haben. Aus welchem Grund hätte er auch unten bleiben sollen? Ich war also ziemlich knapp dran mit der Zeit. Zur Abwechslung funktionierte an diesem Tag bloß die Hälfte der Zahlstellen an der Autobahnauffahrt, was mich zusätzlich aufhielt. Und am Flughafen angekommen, brauchte ich eine halbe Ewigkeit, bis ich einen Parkplatz gefunden hatte. Als ich es endlich geschafft hatte, sprang ich aus dem Auto und lief los, den Ordner in einer Hand. Fast wäre ich gegen die Scheiben der automatischen Schiebetüren gerannt, so eilig hatte ich es, in die Abfertigungshalle zu gelangen. Ich hetzte von Flugschalter zu Flugschalter und suchte die Warteschlangen nach Ernesto ab. Er war nicht da. Ich ging zur Information. Um diese Uhrzeit gab es bloß einen Flug nach Rio. Mit der Varig. Ich lief zu deren Schalter und fragte, ob Ernesto hier schon eingecheckt habe. Derlei Auskünfte dürften sie nicht erteilen, sagte die Angestellte, und durch die Art, wie sie die Antwort herunterleierte, war mir klar, dass es zwecklos wäre, auf dem Thema herumzureiten. Ich suchte die umliegenden Bars ab. Ernesto trinkt viel Kaffee, es bekommt ihm nicht, trotzdem tut er es gern; vielleicht saß er ja noch irgendwo. Fehlanzeige. Oder er war auf die Toilette gegangen oder kaufte noch rasch etwas. Ich lief alle Souvenirläden und Kioske ab und wartete eine angemessene Zeit lang vor dem Eingang zur Herrentoilette, aber er tauchte nicht auf. Ich verzichtete darauf, ihn unter irgendeinem Vorwand ausrufen zu lassen. Ernesto hasst es, im Mittelpunkt zu stehen und den Kasper zu spielen, und genau so wäre er sich in diesem Fall vorgekommen, so lebenswichtig der himmelblaue Ordner für ihn auch war. Am besten, ich stellte mich an die Rolltreppe zum Wartebereich, falls er dort noch nicht vorbeigekommen war, würde er es früher oder später tun.

Ich lief gerade auf die Treppe zu, als ich Ernestos Jacke entdeckte. Eine Jacke genau wie die von Ernesto. Aber das war nicht Ernesto, das war ein anderer Mann, jemand, der den Arm um eine Frau gelegt hatte und die Rolltreppe hinauffuhr. Eine groß gewachsene, dunkelhaarige Frau. Ein Mann, der dieser Frau etwas ins Ohr flüsterte. Und Ernestos Jacke anhatte. Dazu eine Hose, wie Ernesto sie heute Morgen angezogen hatte. Mit exakter Bügelfalte, genau so, wie ich Ernesto immer die Hosen bügle. In seiner Hand Ernestos Tasche. Die Tasche, die ich ihm gepackt hatte. Ernesto drehte den Kopf zur

Seite, um die Frau zu küssen. Er küsste sie. Und sie, Charo, ließ sich von ihm küssen.

Während sie die Rolltreppe hinauffuhren, hätte ich am liebsten laut geschrien. Aber ich war wohl für einen Moment wie gelähmt, denn obwohl ich den Mund weit aufriss, war nichts zu hören. Es war überhaupt nichts mehr zu hören. So als hätte jemand überall um mich herum den Ton abgestellt. Ich konnte weder sprechen, noch mich bewegen, noch etwas hören. Bloß sehen.

Bis nur noch Ernestos Schuhe in meinem Bildausschnitt zu erkennen waren, und daneben ihre Sandalen.

Und dann sah ich auch die nicht mehr.

22

Inés kam zurück nach Hause, schlug die Tür hinter sich zu und schloss zweimal ab. Es war halb elf. Ihre Handtasche pfefferte sie in die erstbeste Ecke. Lali war schon weggegangen. Sie ließ an den Fenstern bis auf schmale Schlitze die Rollläden hinunter und steckte das Telefon aus. Dann stellte sie sich im Schlafzimmer vor den großen Spiegel. Anschließend ging sie ins Bad und suchte im Apothekenschränkchen nach den Beruhigungstabletten. Sie wog sie in der Hand, schüttelte dann das Döschen. Es war noch gut zur Hälfte gefüllt. Sie schraubte den Deckel ab und schüttete sich eine kleinere Menge Tabletten auf die Hand. Schließlich nahm sie zwei davon, den Rest gab sie zurück in die Dose. Sie legte sich die Tabletten auf die Zunge und füllte ein Glas mit Wasser, aber bevor sie die Tabletten hinunterspülte, nahm sie eine davon wieder aus dem Mund und warf sie in die Toilette. Dann ging sie hinunter in die Küche. Auf dem Tisch standen noch immer die Reste vom Frühstück. So als wäre nichts gewesen. Sie nahm eine Tasse und wollte sie abwaschen, aber sie fiel ihr aus den Händen und schlug im Spülbecken auf. Der Henkel flog zur Seite und machte drei Sprünge über den Küchenboden. Sie wusch sich das Gesicht. Eine Weile stand sie einfach nur da, mit nassem Gesicht. Dann fuhr sie sich mit dem feuchten Wischlappen darüber. Ekelhaft. Sie fing an zu weinen. Sie stellte das übrige Geschirr vom Frühstück in die Spüle, auch das Butterschälchen, dessen Inhalt halb geschmolzen war. Dann ging sie aus der Küche. Eigentlich wollte sie in die Garage, aber plötzlich stand sie im Wohnzimmer. Sie drehte ein paar Runden um den Couchtisch und schenkte sich zuletzt einen Whisky ein. Sie trank ihn, ohne die Flasche in die Bar zurückgestellt zu haben. Das Glas ließ sie stehen. Die Flasche nicht. Sie ging hinaus, zur Garage. Dort angekommen, schloss sie hinter sich die Tür. Sie näherte sich der Wand am anderen Ende, zog den Ziegelstein hervor und wollte schon alles rausnehmen, was sich dahinter verbarg. Aber im letzten Moment hielt sie inne, ließ alles stehen und liegen und ging noch einmal in die Küche. Eine Weile suchte sie vergeblich nach den Gummihandschuhen. Bis sie achtlos die Tassen in der Spüle zur Seite schob: Da waren sie, unter den Resten vom Frühstück. Nass und schmutzig. Sie wusch sie und trocknete sie ab. Sie streifte sie über und ging zurück zur Garage. Jetzt nahm sie die Sachen aus dem Versteck in der Wand. Nach einigem Überlegen tat sie alles in den Werkzeugkasten. Dessen Inhalt kippte sie zuvor auf den Boden. Dafür fanden jetzt die Briefe der Deinen, die Nacktfotos von Ernesto und die Schachtel mit den Kondomen darin Platz. Sie schloss den Werkzeugkasten, tat alles Übrige wieder in die Mauernische und legte den Ziegelstein davor. Nur die Pistole fehlte. Sie ging zu ihrem Wagen und öffnete den Kofferraum. Die Pistole lag unter dem Ersatzreifen, seit dem Tag, an dem sie sie aus Alicias Wohnung mitgebracht hatte. Vorsichtig nahm sie die Pistole an sich und legte sie ebenfalls in den Werkzeugkasten. In einer Hand den Kasten, in der anderen die Whiskyflasche, kehrte sie ins Haus zurück. Die Flasche stellte sie wieder in die Bar, den Kasten auf die Theke. Sie ging in die Küche, legte die Handschuhe zurück in die Spüle, drehte den Hahn auf und wusch sich ausgiebig das Gesicht mit kaltem Wasser.

Ab sofort waren die Karten neu verteilt.

23

Ernesto und Charo küssten sich, während sie mit der Rolltreppe zum Wartebereich hinauffuhren.

Daran gab es nichts zu beschönigen, ich hatte es mit eigenen Augen gesehen. Und ich traue meinen Augen. Bestenfalls hätte ich die Augen schließen können, aber dafür war es zu spät. Das Brot war mal wieder auf der Butterseite gelandet, so war es. Aber obwohl Ernesto und Charo sich eindeutig und unbestreitbar auf der Rolltreppe geküsst hatten, begriff ich weiterhin nicht, wie das alles zusammenhing. Denn was ich gesehen hatte, konnte alles Mögliche bedeuten, auch diametral entgegengesetzte Schlussfolgerungen ließen sich ziehen. Ich dachte den ganzen Tag darüber nach. Am späten Nachmittag herrschte in meinem Kopf ein derartiger Wirrwarr, dass ich völlig unfähig war zu sagen, welche der bis dahin durchgespielten Möglichkeiten ich bereits verworfen hatte und welchen ich immer noch ein höheres oder geringeres Maß an Glaubwürdigkeit zugestehen sollte. Da kam ich auf die Idee mit dem Schaubild. Immer wenn in der Schule ein komplizierter Stoff zu bewältigen war, zeichnete ich mir ein Schaubild auf, eine Grafik voller Hinweispfeile und Abkürzungen, alles schön knapp und übersichtlich, was mir, auch wenn es nicht unbedingt zu größerer gedanklicher Klarheit verhalf, doch wenigstens ein wirksames Instrument in die Hand gab, um Licht in das Dunkel zu bringen. Ich war nie besonders gut in der

Schule. Ich hatte wenig Interesse am Lernen und dachte lieber an andere Dinge. Anfangs trug mir das einige Schwierigkeiten ein. Oft hatte ich Angst, vor den anderen als Idiotin dazustehen. Bis zu dem Nachmittag – es muss in der fünften Klasse gewesen sein –, als ich versuchte, mir die Namen der verschiedenen Arten von Dreiecken einzuprägen: gleichseitig, gleichschenklig, ungleichseitig. Woran ich regelmäßig scheiterte, waren die gleichschenkligen Dreiecke. Ich kam mir schon selbst wie eine Idiotin vor, las die Definition immer wieder durch, aber sobald ich das Heft zuschlug, war alles wie ausgelöscht. So als hätte ich tatsächlich einen leichten Dachschaden. Mama bemerkte meinen Kummer und sagte: »Mach dir nichts draus, wenn es etwas gibt, was du nie in deinem Leben brauchen wirst, sind das gleichschenklige Dreiecke.« Womit sie recht hatte – was bekommt man in der Schule nicht alles an überflüssigem Schwachsinn eingetrichtert! Oder würde mir etwa ein gleichschenkliges Dreieck bei der Lösung meines Problems mit der Deinen helfen? Dreiecke wie das, womit ich es hier zu tun hatte, kommen im Unterricht nicht vor, da war ich ganz auf meine eigene Intelligenz angewiesen. Was die Sache nicht unbedingt vereinfachte. Immer wieder musste ich mit ansehen, wie meine schönsten Theorien sich in nichts auflösten: Denn kaum glaubte ich, eine der drei Seiten erfolgreich entfernt zu haben, kam stattdessen eine weitere hinzu, und das Dreieck verwandelte sich in ein Quadrat. Das war schon Alicia so gegangen.

Eine solche Geometrie soll einem erst einmal jemand erklären!

Mein Schaubild zeigte jedenfalls ungefähr Folgendes:

ÜBERSCHRIFT:
ERNESTO UND CHARO:
MÖGLICHE KONSTELLATIONEN

Zunächst hatte ich schreiben wollen »Ernesto und Charo: Mögliche Beziehungen«, aber aus irgendeinem Grund missfiel mir der Ausdruck »Beziehungen«. Ebenso verwarf ich die Begriffe »Verbindungen«, »Zusammenhänge«, »Verknüpfungen« und »Abhängigkeiten«.

1. Variante:

Alles, was Ernesto bis jetzt gesagt hat, stimmt, aber:

– Zufälligerweise traf er Charo am Flughafen.
– Zufälligerweise wollte sie auch irgendwohin fliegen (aber nicht nach Rio).
– Zufälligerweise fuhren sie gemeinsam die Rolltreppe hinauf.
– Zufälligerweise überkam Ernesto oder sie oder sie beide die Lust, den bzw. die andere(n) zu küssen, was sie dann auch taten.

Ich verwarf diese Variante aus einem einfachen Grund: Ich glaube nicht an Zufälle. Und man sollte sich schließlich selbst treu bleiben. »Zufälligerweise« tritt man vielleicht gerade in dem Moment vors Haus, in dem ein Blumentopf von einem Balkon fällt und einem den Schädel einschlägt. Aber anzunehmen, zwei Personen könnten sich »zufälligerweise« küssen, während sie im Begriff stehen, eine Flugreise anzutreten, ist, gelinde gesagt, kindisch.

2. Variante:
Die Geschichte mit der Deinen ist mehr oder weniger so verlaufen, wie mir bekannt, aber:
– Nachdem Ernesto wegen dieser Angelegenheit so oft mit Charo zusammengetroffen war, hat er sich schließlich in sie verguckt.
– Ernesto musste eine Dienstreise nach Brasilien unternehmen und beschloss, Charo mitzunehmen.
– Es handelt sich folglich um eine Affäre, wie sie Ernesto so – oder so ähnlich – schon mehrfach während unserer Ehe gehabt hat, weswegen kein Grund zu größerer Besorgnis besteht.

»Findest du?«, fragte ich mich selbst, sobald ich den Satz zu Ende geschrieben hatte. Aufzuschreiben, was man denkt, ist wirklich eine gute Methode, denn wenn man es anschließend noch einmal durchliest, ist es, als unterhielte man sich mit jemand anderem, was einem die Gelegenheit gibt, ausgiebig Widerspruch und Kritik zu äußern. Ich sah auf das von mir beschriebene Blatt Papier und sagte zu der anderen, die eigentlich ich war, andererseits aber eben gerade nicht ich: »Wie kommst du denn auf diesen Blödsinn?« Wenn Ernesto und Charo, die beide auf die eine oder andere Weise mit dem Verschwinden der Deinen zu tun hatten, sich völlig ungeniert in der Öffentlichkeit küssten, während sie sich gemeinsam auf eine Reise begaben, konnte das nur bedeuten, dass es sich hier keineswegs um eine belanglose Affäre handelte.

Bevor ich mich an die Abfassung der dritten Variante machen konnte, war ein wenig Feldforschung nötig. Ich wusste kaum etwas über Charo. Eigentlich bloß drei Dinge: Sie war Alicias Nichte, sie stand in einer wie auch immer gearteten Beziehung zu meinem Ehegatten, und sie arbeitete als Fotografin für eine Illustrierte. Ich ging zum Kiosk und bat den Besitzer, mir für einen Moment sämtliche Zeitschriften, die in dieser Woche erschienen waren, zu überlassen. Ich sah mir überall das Impressum an und entschied mich dann für eine, bei der unter anderem eine »Charo Soria, Fotografin« aufgeführt war. Ich ging zurück nach Hause, wählte die Nummer der Zeitung, aber nichts geschah. Ich legte auf, und da erst begriff ich, dass kein Ton zu hören gewesen war: Ich hatte das Telefon ausgesteckt! Ich steckte es wieder ein und wählte erneut. »Ediciones Pampa«, meldete sich eine Stimme am anderen Ende. »Guten Tag, könnte ich bitte Ihre Fotografin Charo Soria sprechen?« – »Nein, die ist nicht da.« – »Wann wäre sie denn zu erreichen?« Der Mann am anderen Ende rief zu jemandem in seiner Nähe: »Hey, wann ist Charo wieder da?« Der Angesprochene rief etwas zurück, was ich jedoch nicht verstand. »Keine Ahnung, Señora, sie ist verreist«, sagte der erste Mann. »Ach so, verreist. Stimmt, sie wollte nach Rio.« – »Ja, genau, beim letzten Mal hat es ja nicht geklappt.« ›Beim letzten Mal nicht geklappt‹, wollte ich schon wiederholen, aber meine Zunge war wie gelähmt. Mein Blutdruck war am Boden, außerdem hatte ich Whisky getrunken. Ja, bestimmt lag es am Whisky. Ich schluckte, bewegte mühsam die Zunge hin und her und brachte schließlich hervor: »Wissen Sie, ich wollte ihr etwas zuschicken. Es geht um eine Immobilie. Sie hat uns eine Wohnung zur Vermietung angeboten, und wir hätten jetzt jemanden, der sich dafür interessiert. Es wäre gut, sie könnte gleich nach ihrer Rückkehr einen Blick auf das Angebot werfen.« – »Klar, kein Problem.« – »Sagen Sie, wie ist denn ihr vollständiger Name? Ich möchte sichergehen, dass die Post auch wirklich bei ihr ankommt.« – »Amparo Soria, aber Charo reicht vollkommen. Sie verwendet immer nur ihren Spitznamen.« – »Nein, für manche Dinge reicht ein Spitzname nicht. Aber vielen Dank. Ciao.« – »Ciao, Señora.« Ich legte auf und ging zu dem Werkzeugkasten, um mir die Flugtickets noch einmal anzusehen, die ich in der Schublade von Alicias Nachttisch entdeckt hatte, neben der Pistole und den Fotos von Ernesto. Den Nacktfotos. Auf einmal passte alles zusammen. Auf den Tickets stand »A. Soria«. »A.« konnte für »Alicia« stehen, aber genauso gut für »Amparo«. Ich sah noch einmal alle Briefe durch. Nirgendwo stand ein Name. Immer nur

»Die Deine«. Das hätte Alicia sein können oder aber die andere, wer weiß. Die Fotos sprachen allerdings für sich selbst. Und da kam ich mir auf einmal wirklich wie eine Idiotin vor. Darauf hätte ich schließlich schon früher kommen können. Genau genommen waren es ja auch keine Fotos, sondern Kontaktabzüge mit den Fotos in Miniaturformat, wie sie einem von Berufsfotografen zur Auswahl vorgelegt werden. Berufsfotografen wie Charo.

Und da machte ich mich an die Abfassung der dritten Variante:

3. Variante

Alicia war nicht die Deine:

— Die Deine ist Alicias Nichte Charo (man beachte in diesem Zusammenhang die unterschiedliche Zeitform des Verbs »sein«: Alicia »war«, Charo aber »ist« die Deine).

— Alicia hatte zuvor eine Affäre mit Ernesto gehabt (Beweise für die Gültigkeit dieser Aussage: Alicias Anruf am Unfallabend, ihr von mir selbst beobachtetes Benehmen im Palermo-Park, die Pistole neben den Nacktfotos von Ernesto).

— Alicia wurde in ihrer Gutgläubigkeit von ihrer eigenen Nichte betrogen und konnte die schreckliche Demütigung durch Letztere und deren Liebhaber (beider Liebhaber), ergo meinen Ehemann, nicht verwinden. Aus dem Dreieck war ein Quadrat geworden.

Alicia tat mir auf einmal unendlich leid. Was man dieser Frau angetan hatte, überstieg jede Vorstellung. Vor allem: ihre Nichte! Dass ein Mann dich verarscht, ist nichts Besonderes – im Gegenteil, der Klassiker. Und falls er es noch nicht getan haben sollte, hängt die Möglichkeit die ganze Zeit wie ein Damoklesschwert über dir, denn dass er es früher oder später tun wird, ist sicher. Aber bei einer so nahen Verwandten ist es etwas anderes. Das kann einen schon umhauen. Hätten Alicia und ich uns einmal unterhalten können, bevor geschah, was geschah, hätte ich ihr so manches klarmachen können. Im Grunde muss sie reichlich naiv gewesen sein. Ich bin da schon lange schlauer. Wir zwei gegen Charo, das wäre ein fairer Kampf gewesen. Zwar hätten wir auch zusammen nicht zwei solche Brüste aufbieten können, aber uns wäre bestimmt etwas eingefallen. Und dann hätten wir schon gesehen, was wir mit Ernesto angestellt hätten. Ich glaube, wir wären sogar gute Freundinnen geworden. Nicht unbedingt enge Freundinnen, aber gute Freundinnen durchaus.

Alicia gab es nicht mehr, mich jedoch schon, und trotz der so ungleichen Voraussetzungen würde ich mich niemals kampflos ergeben.

Unter die dritte Variante zeichnete ich drei Pfeile, die auf je einen Fragesatz deuteten:

→ Zwischen Ernesto und Charo besteht derzeit eine keineswegs ungewöhnliche außereheliche Beziehung?

Neben dieser Hypothese stand schräg sowie klein geschrieben, damit es hinpasste: *abwarten, ganz ruhig, das geht vorbei.* Beim nochmaligen Durchlesen strich ich Letzteres allerdings durch und vermerkte stattdessen: *siehe 2. Variante.*

→ Die Beziehung zwischen Ernesto und Charo verfestigt sich (z. B.: Brasilienreise)?

Anmerkung am Rand daneben: *Aktionsplan, direkte Einmischung, Kriegserklärung (an sie).*

→ Ernesto und Charo kehren von der Reise nicht zurück?

Keine Anmerkungen.

Ich ging hinaus, suchte eine funktionierende Telefonzelle und wählte die Nummer der Polizei. Ich brauchte bloß zu warten, bis jemand dranging, sagen, was ich zu sagen hatte, und anschließend auflegen. »Polizeikommissariat 31«, meldete sich eine Stimme am anderen Ende.

24

»Kannst du deinen Rucksack ein Stück zur Seite schieben, Kleine? Dann habe ich auch Platz zum Sitzen.«

»...«

»Danke schön.«

»...«

»*Verehrte Reisende, auf Fahrsteig sechs steht bereit zum Einsteigen der Linienbus nach Río de la Plata, Abfahrtszeit 22.30 Uhr, Busgesellschaft Mar del Plata.*«

»Was heißt hier 22.30 Uhr? Das soll wohl ein Witz sein, alle Busse fahren, bloß meiner nicht.«

»...«

»Ich muss jetzt seit eineinhalb Jahren jede Woche mit dem Bus fahren. Wegen meiner Arbeit, verstehst du? Und kein einziges Mal ist er pünktlich abgefahren, kannst du dir das vorstellen?«

»...«

»Ganz egal, wohin ich fahre. Mein Bus kommt zu spät, da kannst du Gift drauf nehmen.«

»...«

»*Verehrte Reisende, auf Fahrsteig achtzehn bereit zum Einsteigen der Linienbus nach San Nicolás, Abfahrtszeit 22.40 Uhr, Busgesellschaft Micromar.*«

»Siehst du, hab ich doch gesagt.«

»...«

»Wartest du auch auf den nach Rosario?«

»Nein.«

»Wohin fährst du denn?«

»Nirgendwohin.«

»Holst du jemanden ab?«

»...«

»Du bist ja ganz schön gesprächig, Kleine!«

»...«

»Was ist denn los?«

»...«

»Jetzt schau nicht so, ich hab dir nichts getan.«

»...«

»Ach nee, das fehlt mir gerade noch, dass du zu heulen anfängst. Hab ich dir etwa was getan? Man wird doch noch was sagen dürfen!«

»...«

»Schluss jetzt, Kleine, hör auf, was sollen denn die anderen Leute von mir denken?«

»...«

»Du bist ganz schön fertig, Kleine, stimmts? Kann man erfahren, was mit dir los ist?«

»...«

»Wenn eine so aussieht wie du und so jung ist, was soll der schon groß passieren? Also hör auf jetzt.«

»Ich bin schwanger, mein Freund ist abgetaucht, meine Eltern wissen von nichts, mein Vater betrügt meine Mutter, jetzt ist er mit seiner Freundin verreist, meine Mutter weiß das alles und tut, als wäre nichts, die blöde Kuh ...«

»Hey hey ...«

»Siehst du?«

»...«

»...«

»Tut mir leid, Kleine.«

»...«

»Wirklich, tut mir leid.«

»Schon gut.«

»Und was machst du hier auf dem Busbahnhof?«

»Ich bin abgehauen. Am schlimmsten ist meine Mutter. Das ganze Wochenende mit ihr allein zu Haus, das halte ich nicht aus.«

»Ja willst du denn die ganze Nacht hierbleiben?«

»Genau. Tagsüber lauf ich rum, in Shopping-Malls oder auf irgendwelchen Plätzen, egal. Aber nachts hab ich Angst, hier ist es sicherer und hell, und es gibt Polizisten und so.«

»Und dem Kleinen macht das nichts aus?«

»Welchem Kleinen?«

»Dem in deinem Bauch.«

»Ach so.«

»...«

»Keine Ahnung.«

»In diesem Zustand musst du dich ausruhen und gut essen. Für zwei, hat meine Frau immer gesagt, als sie Leo erwartet hat. Über zwanzig Kilo hat sie damals zugenommen!«

»...«

»Leo ist mein Sohn, Leonardo, aber wir sagen einfach Leo.«

»…«

»Er ist sechs.«

»…«

»Strampelt er schon?«

»Ziemlich.«

»Das wird ein super Mittelstürmer, du wirst schon sehen.«

»…«

»Darf ich mal?«

»Bitte.«

»Ich spür nichts.«

»Warte ein bisschen.«

»Bis der Bus fährt, ist ja jede Menge Zeit für eine kleine Tanzeinlage.«

»Du bist der Erste, der spürt, wie es strampelt.«

»Super! Dann bekommt er auch meinen Namen …«

»Wie heißt du denn?«

»Guillermo … Jetzt hab ich ihn gespürt! Er hat mich getreten, hast dus gemerkt?«

»Ja, habe ich.«

»Guillermo, und wenn es ein Mädchen wird, Guillermina, abgemacht?«

»Mal sehen. Mir gefällt Lucas als Name.«

»Nenn ihn Guillermo, Lucas ist irgendwie komisch, bisschen affig, findest du nicht?«

»Mal sehen.«

»Hast du keine Freundin, bei der du ein paar Nächte unterschlüpfen kannst?«

»Doch, schon, aber die ist mit ihren Eltern weggefahren, in ihr Wochenendhaus.«

»...«

»...«

»Wenn du willst, ruf ich meine Frau an und sag ihr ...«

»Nein, nein, schon gut, ich will lieber allein sein, wirklich.«

»Was heißt hier, allein? Um dich rum sind zigtausend Leute.«

»...«

»Das kann ganz schön nervig werden.«

»...«

»...«

»*Verehrte Reisende, auf Fahrsteig neun bereit zum Einsteigen der Linienbus nach Rosario, Abfahrtszeit 23.00 Uhr, Busgesellschaft El Águila.*«

»Mist, muss der genau jetzt abfahren?«

»...«

»Irgendwie hab ich ein schlechtes Gewissen, wenn ich dich hier allein sitzen lasse. Willst du wirklich nicht zu uns nach Hause gehen? Meine Frau ist total in Ordnung, die hat bestimmt nichts dagegen.«

»Nein, danke, mir geht es gut so.«

»Erzähl doch keinen Quatsch, Dickkopf! Wie soll es dir gut gehen in dem Schlamassel?«

»*Letzter Aufruf: Auf Fahrsteig neun fährt ab der Linienbus nach Rosario.*«

»Ich komm ja schon. So eine Verarschung, erst lassen sie dich zwei Stunden warten, und dann haben sies plötzlich eilig!«

»...«

»...«

»Danke!«

»Guillermo oder Guillermina, denk dran!«

»Mach ich.«

»Und grüble nicht so viel rum. Da kommt nichts bei raus.«

»Wenn ich mehr nachgedacht hätte, säße ich jetzt nicht hier.«

»So gefällst du mir schon besser! Es ist gut, wenn man über sich lachen kann.«

»...«

»Also, ich muss los.«

»Ciao.«

»Ciao. Und viel Glück.«

»...«

»Ciao.«

»Ciao.«

»Ich schreib dir hier meine Telefonnummer auf, Kleine. In zwei, drei Tagen bin ich wieder hier, falls du irgendwas brauchst, ruf mich an, einverstanden? Ich hab einfach eine Sauklaue. Kannst du das lesen?«

»Acht zwei fünf, acht drei acht drei.«

»Acht drei acht drei. Genau. Und als Vorwahl die vier, hier.«

»Ja, ich sehe schon.«

»Also dann. Und wie heißt du eigentlich, Kleine?«

»Lali, also eigentlich Laura, aber die anderen nennen mich Lali.«

»Ciao, Lali.«

»Ciao.«

»Und ruf an!«

»Ciao.«

25

Am Freitag letzte Woche um 17.00 Uhr traf im Polizeirevier 31 ein Umschlag mit einer handgefertigten Lageskizze ein. Darauf war von einem anonymen Absender der Regatta-See im Stadtteil Palermo als die Stelle gekennzeichnet worden, wo sich der Leichnam der seit dem 15. September des laufenden Jahres vermissten Alicia Soria befinden sollte. Am selben Tag, noch vor Eintreffen der erwähnten Sendung, gingen ebenfalls mehrere Telefonanrufe auf dem Revier 31 ein, sämtliche getätigt von öffentlichen Fernsprechern an unterschiedlichen Stellen der Stadt Buenos Aires. In den Anrufen wurde die Behauptung aufgestellt, der Leichnam Alicia Sorias befinde sich auf dem Grund des erwähnten Sees. Beamte des Reviers haben sich umgehend an die Überprüfung dieser Information gemacht, die die Ermittlungen in diesem bislang ungelösten Fall in völlig neue Bahnen lenken könnte.

Es gibt wohl niemanden, der sich am Strand von Copacabana nicht gleich auf den ersten Blick in Rio de Janeiro verlieben würde: Sanfte Brandung und herrlich weißer Sand, soweit das Auge reicht – der ideale Platz zum Sonnenbaden und Ausspannen.

Nachdem bekannt geworden war, dass sich die Leiche Alicia Sorias womöglich im Regatta-See des Palermo-

Parks befinde, erschien im Polizeirevier 31 ein Taxifahrer. Der Mann behauptete, in der Nacht, in der die bereits erwähnte Alicia Soria verschwunden war, eine Frau ebendorthin gebracht zu haben. Damit meldete sich zum ersten Mal, seit die Familie das Verschwinden ihrer Angehörigen angezeigt hat, ein Zeuge, der möglicherweise relevante Aussagen zu diesem Fall machen könnte. Es handelt sich um den einundfünfzig Jahre alten Taxifahrer Juan Migrelli. Migrelli gab zur Erklärung an, bislang sei er nicht auf den Gedanken gekommen, dass es sich bei der Vermissten und seinem damaligen weiblichen Fahrgast um ein und dieselbe Person handeln könne. Angesichts der während der vorausgegangenen Stunden bekannt gemachten Informationen habe er jedoch auf Anraten seiner Ehefrau beschlossen, auf dem Polizeirevier eine Zeugenaussage abzugeben. »Ich weiß noch, ich habe zu ihr gesagt: ›Señora, wollen Sie wirklich um diese Uhrzeit alleine hier aussteigen?‹, und sie hat gesagt: ›Keine Sorge, ich werde abgeholt.‹ Na ja, jeder ist schließlich selbst für sein Leben verantwortlich. Ich habe sie dann jedenfalls zahlen lassen und bin weitergefahren.« So der Taxifahrer.

Lucas, vom Lateinischen »hell leuchtend wie das Licht«, erscheint auch in den Formen »Luca« bzw. »Lucca« Guillermo, Name germanischen Ursprungs, bedeutet soviel wie »Wächter, Beschützer«

Am späten Nachmittag des vergangenen Freitags erwirkten die Anwälte der Familie Soria nach intensiven Verhandlungen eine Anordnung des mit dem Fall betrauten Untersuchungsrichters. Dieser entsprechend wurde in den frühen Morgenstunden des heutigen Tages eine systematische Untersuchung des Seebodens eingeleitet. Der Regatta-See ist mit einer Grundfläche von zehn Hektar der größte See im Stadtbezirk Buenos Aires. Da es sich um einen künstlich angelegten See mit bloß je einem Zu- bzw. Ablauf handelt, dürfte die Durchführung der Untersuchung keine allzu großen Schwierigkeiten bereiten. Ausgangspunkt war logischerweise der Bereich, der auf der anonymen Skizze, die bei der Polizei eingegangen war, als ungefährer Lageort des Leichnams gekennzeichnet ist. Innerhalb dieses Bereichs befindet sich zudem auch die von dem Taxifahrer Juan Migrelli angegebene Stelle (siehe dessen Aussageprotokoll). Fachleute haben allerdings darauf hingewiesen, dass sich Probleme aus dem Umstand ergeben könnten, dass in dem Gewässer starker Algenbewuchs zu verzeichnen ist. Unter normalen Umständen ist damit zu rechnen, dass ein abgesunkener Leichnam nach einigen Tagen aufgrund von Gasentwicklung in seinem Inneren an die Oberfläche getragen wird. Sollte es sich bei dem Leichnam tatsächlich um den Körper der vermissten Alicia Soria handeln, wäre diese Zeitspanne natürlich längst überschritten, was die Vermutung, der Leichnam könne durch Algen zurückgehalten werden, umso wahrscheinlicher macht.

Ipanema hat für den Rest Brasiliens, ja für die ganze Welt
Vorbildfunktion: Hier wagte sich zum ersten Mal eine
Schwangere im Bikini an den Strand, hier badete die ers-
te Frau unbekümmert »oben ohne«, und hier wurde der
begeistert staunenden Öffentlichkeit der erste Stringtanga
vorgestellt.

Den ganzen Tag über waren Taucher einer Sonderret-
tungseinheit (SRE) der Bundespolizei im Einsatz. Die
Arbeiten begannen morgens um Viertel nach sieben und
wurden bis zum Einbruch der Dunkelheit fortgesetzt. Dabei wurde ein Seil über den See gespannt und schrittweise
um je einen Meter verschoben: Auf diese Weise konnte die Bodenfläche systematisch abgesucht werden. »Die
einzig sichere Methode, um zu gewährleisten, dass uns
nichts entgeht«, wie Einsatzleiter Fermín Lemos erklärte.
Die Taucher setzen bei der Arbeit eine Unterwasserkame-
ra ein, deren Bilder auf zwei Monitoren übertragen werden. Bis zum Abbruch des Einsatzes um 19.10 Uhr waren
jedoch einzig und allein Algen und andere Gewächse auf
den Bildschirmen zu erkennen. Die Taucher sind folglich
in erster Linie auf ihren Tastsinn angewiesen. Sie bewegen sich unter Wasser aufrecht gehend voran, strecken
seitlich die Arme aus und suchen die Umgebung ab. Um
nicht an die Wasserfläche emporgetragen zu werden, haben sie sich Gewichte von je 1,5 Kilogramm umgehängt.
Des Weiteren verfügen sie über ein »Rettungsseil«, das
mit dem einen Ende am Begleitboot befestigt ist: Sobald

ein wie auch immer geartetes Problem auftritt, können sie durch Ziehen an dem Seil signalisieren, dass sie an die Oberfläche gezogen werden wollen – so geschehen beispielsweise am späten Nachmittag, als sich einer der Taucher an den Resten eines untergegangenen Kajaks verletzt hatte (siehe Sondermeldung). Die Taucher arbeiten in Zweiergruppen, die alle fünfundvierzig Minuten abgelöst werden. Nach jedem Einsatz ist eine Ruhepause von neunzig Minuten vorgeschrieben. Jedes Mal, wenn einer der Taucher an der Wasseroberfläche erscheint, ist er über und über mit Algen bedeckt, die an den Neopren-Anzügen haften bleiben – wahrlich kein Vergnügen für die Männer der SRE. »Hier herumzusuchen ist schlimmer, als nachts im Urwald unterwegs zu sein«, wie es einer von ihnen frustriert ausdrückte.

Inés, aus dem Griechischen, »die Reine, Keusche«
Ernesto, aus dem Germanischen, »zum Sieg entschlossener Kämpfer«
Laura, aus dem Lateinischen, »die Kühne, Siegesgewisse«

Um 14.30 Uhr wurde auf Anordnung der Stadtverwaltung die Abflussschleuse des Sees geöffnet, trotz Protesten von Mitgliedern des Vereins der Freunde und Anlieger des Regatta-Sees wegen möglicher Umweltschäden infolge dieser Maßnahme. Doktor Ricardo Soria, der Vater der Vermissten, äußerte in diesem Zusammenhang vor Pressevertretern: »Das Verschwinden eines Menschen lässt sich in keiner Weise gegen wie auch immer geartete ökologische Bedenken aufwiegen.« Licenciado Luis Julio López, der Vorsitzende des erwähnten Vereins, gab dagegen zu bedenken: »Den See einfach ablaufen zu lassen, zeugt von einem flagranten Mangel an Sensibilität. Klüger wäre es, stattdessen Wasser zuzuführen. Auf diese Weise bestünde die Möglichkeit, dass der mit Gas gefüllte Leichnam freigeschwemmt wird und von allein zur Oberfläche aufsteigt. Das Einzige, was jetzt erreicht wird, ist die Zerstörung eines Großteils von Fauna und Flora – des ganzen Ökosystems – unseres Sees.« Zu diesem System gehören, nach Aussage von López, eine Vielzahl von Fischen (fünf Arten können gehäuft nachgewiesen werden, insbesondere Blaue Sonnenbarsche und Hoplias), Fischotter, zahlreiche Vogel-, aber auch Algenarten. Kurz vor Mittag des gestrigen Tages erhielt das Unternehmen Aguas Argentinas, das seit inzwischen vier Jahren mit der Reinigung und Sauberhaltung der Seen im Stadtbezirk Palermo betraut ist, die entsprechende behördliche Anweisung, worauf die Schleuse, die den Regatta-See über den Medrano-Bach mit dem Río de la Plata verbindet, geöffnet wurde. Durch die am gegenüberliegenden Nordende des Sees befindliche Zugangsschleuse wird normalerweise Wasser aus einem ebenfalls von Aguas Argentinas betriebenen Klärwerk in den Regatta-See eingespeist. Dieses Wasser unterquert mittels eines sechshundert Meter langen Kanalrohrs die Figueroa-Alcorta-Straße und ergießt sich abschließend über mehrere steinerne Stufen in den See. Letzteres hat den Zweck, die Erosion des Seebodens zu verhindern. Aguas Argentinas kontrolliert ständig die Aufrechterhaltung des ökologischen Gleichgewichtes im und um den See. In den Worten eines Unternehmenssprechers: »Übermäßiges Algenwachstum hätte eine auffällige Grünfärbung des Seewassers zur Folge. Dies wird durch angemessene Zufuhr sauerstoffreichen Wassers unterbunden.« Sollte sich infolge der Entleerung eine Gefährdung für einige der im See vorhandenen Spezies abzeichnen, könnten diese zeitweilig in Spezialtanks gehalten werden. Bislang war eine derartige Maßnahme noch in keinem Fall erforderlich.

Nach Absenkung des Wasserspiegels um eineinhalb Meter wurde das Unternehmen abgebrochen: Die Arbeit der Rettungstaucher wurde durch die Zusammenballung der Algen am Seegrund nur noch zusätzlich erschwert.

Das bekannteste Wahrzeichen Rios ist zweifellos die Christus-Statue auf dem Corcovado-Hügel: Mit weit ausgebreiteten Armen spendet der Erlöser der Stadt seinen Segen. Ein Besuch dieser Sehenswürdigkeit darf auf keiner Rio-Tour fehlen.

Nach zwei Tagen intensiver Suche konnte schließlich gestern am späten Nachmittag der Leichnam der Vermissten gefunden werden. Die Fundstelle liegt vierzehn Meter vom Ufer entfernt. Der See ist in diesem Bereich drei bis vier Meter tief. Die Ortung gelang mit Hilfe eines Sonars, das ein Freund der Familie des Opfers zur Verfügung gestellt hatte. Weder die Feuerwehr noch die Bezirksverwaltung sind im Besitz eines derartigen Gerätes. Die Wassertemperatur betrug zum fraglichen Zeitpunkt achtzehn Grad Celsius. Ein Gerät des hier zur Anwendung gekommenen Typs kostet im Fischereifachhandel dreihundertfünfzig Pesos. Es wird insbesondere zum Aufspüren von Fischschwärmen eingesetzt. Der Rettungstaucher, der die Leiche schließlich fand, erschien an der Wasseroberfläche mit den Worten: »Ich habe sie, sie steckt da unten in einem Algenknäuel.« Vom Seeufer aus verfolgte der Vater des Opfers, Doktor Ricardo Soria, das Geschehen. Seine Gattin, Beatriz Panne de Soria, hatte sich wenige Augenblicke zuvor infolge eines Kollapses in ärztliche Betreuung begeben müssen. Doktor Soria musste seinerseits mit ansehen, wie wenige Meter von ihm entfernt ein Leichnam – höchstwahrscheinlich der seiner Tochter – in einem grauen Plastiksack geborgen und anschließend von einem Kleinlaster zum rechtsmedizinischen Institut gebracht wurde. Als vorläufig letzte schwere Aufgabe steht Doktor Soria noch die Identifizierung der Leiche bevor. Wie bereits vorab bekannt wurde, trug die Tote ein Medaillon mit den Initialen A. S. um den Hals, darunter eingraviert das Geburtsdatum von Alicia Soria.

Vom Moment, als die drei Rettungsboote ausliefen, bis zum Auffinden der Leiche vergingen fünf Stunden.

Eins der Boote führte das Sonar mit, das, wie bereits erwähnt, ein Freund Doktor Sorias, der begeisterte Sportfischer Luis Mateua, zur Verfügung gestellt hatte. An dem Einsatz beteiligt waren mehrere Feuerwehrmänner, Rettungstaucher der Bezirksverwaltung sowie eine Reihe freiwilliger Helfer. Auf ein Signal der Sonde hin untersuchte ein Taucher die angezeigte Stelle und konnte dort den Kopf der Verstorbenen ertasten. Sofort stießen die übrigen Boote dazu, weitere Taucher begaben sich unter Wasser. Gemeinsam gelang es ihnen, den Körper so weit aus der Umklammerung der Algen zu befreien, dass sie ihn schließlich an die Oberfläche bringen konnten. Die Sonde hatte zuvor bereits dreimal missverständliche Signale abgegeben. Grund dafür ist die Tatsache, dass dieses Gerät eigentlich für das Aufspüren von Fischen konzipiert ist, welche es auf seinem LCD-Bildschirm grafisch darstellt. Hierbei unterscheidet es nur zwischen Fischen kleinen, mittleren oder großen Formats. Als der Apparat die Leiche Alicia Sorias aufgespürt hatte, erschien auf dem Bildschirm viermal das Symbol für große Fische; in Kombination damit wurde ein kleiner Fisch angezeigt.

26

Ernesto kehrte zurück. Womit sich Frage drei der dritten Variante meines Schaubildes erledigt hatte. An diesem Montag kam er um fünf Uhr nachmittags zur Tür herein und begrüßte mich: »Hallo Inés!« Er kam zu dem Sessel, in dem ich saß, und küsste mich auf die Wange. Vorher stellte er den Koffer ab. »Da ist eine Unmenge schmutziger Wäsche drin«, sagte er. ›Und das Mieder von deiner Süßen soll ich am besten auch gleich mitwaschen‹, sagte ich zu mir. Er bat um Verzeihung, weil er nicht mehr im Duty-free Station gemacht und mir etwas mitgebracht hatte. »Lali hatte ich ein Parfüm versprochen, aber ich war einfach zu kaputt und wollte bloß noch nach Hause.« – »Reichlich zu tun gehabt, stimmts?« – »Du kannst es dir gar nicht vorstellen ...« Mehrfach war ich nahe daran, ihn zu unterbrechen, um ihm mitzuteilen, dass die Leiche gefunden worden war, aber sobald ich meinen Mut zusammengenommen hatte, fing er mit etwas Neuem an. Er fragte nach Lali – nach ihr fragt er immer. »Keine Ahnung, sie war das ganze Wochenende im Ferienhaus ihrer Freundin. Angerufen hat sie nicht. Deshalb nehme ich an, es geht ihr gut, sonst hätte sie sich bestimmt gemeldet, glaubst du nicht?« *No news, good news* – Mama hasste diesen Spruch. Was meinen Papa anging, war er aber auch der reinste Witz. Ernesto redete weiter, fragte lauter Sachen, wie Ehemänner sie eben so fragen, wenn sie von einer Reise zurückkommen: Hat wer angerufen? Wie war das Wetter hier? Und so weiter. Und so fort. Nur nach dem Hund fragte er nicht, aber wir haben ja auch keinen. Dass er nichts, aber auch gar nichts als Gemeinplätze von sich gab, verunsicherte mich. Ich hatte mich das Wochenende über auf alles Mögliche eingestellt: dass er zurückkäme, um wortlos seine Sachen zu packen und auf Nimmerwiedersehen davonzugehen; oder dass er noch in der Tür erklären würde: »Ich habe mich in jemand anderen verliebt.« Oder dass er überhaupt nicht mehr zu Hause erscheinen würde. Stattdessen absolute Normalität – darauf war ich nicht vorbereitet. Ernesto verhielt sich genau so wie immer, was mich auf den Gedanken brachte, dies sei wohl kaum das erste Wochenende gewesen, das er mit einer heimlichen Geliebten verbrachte, sei es Charo oder eine andere. Und im nächsten Schritt sah ich es noch klarer: Wenn es früher schon vorgekommen war, war das nur gut so, denn es besagte, dass unsere Ehe mehr zählte als seine gelegentlichen hygienischen Eskapaden. Denn wie hätte man sie anders bezeichnen sollen? Manche gehen für drei Tage in ein Wellnesshotel und lassen sich durchkneten, andere versuchen es mit Entgiftungskuren, Schlammpackungen oder Auflagen aus Schildkröten-plazenta. Da sind die Geschmäcker verschieden. Ernesto benötigte offensichtlich eine andere Art von Entladungen. Wer ist so frei von Sünde, dass er behaupten könnte, derlei sei schlimmer, als sich dauerndem Stress auszusetzen, zu rauchen oder sich ständig den Magen vollzustopfen? Von anderen Süchten gar nicht erst zu reden. Es gibt eben die verschiedensten Arten von Lastern. Das sollte man als Frau akzeptieren. Und Ernesto war trotz seines Lasters immer zurückgekehrt. Wie an diesem Montag. Endgültig bedient war ich, als er schließlich sagte: »Hast du daran gedacht, meinen grauen Anzug aus der Reinigung zu holen, Inés?« Das machte mich sprachlos. »Ich habe doch gesagt, dass ich ihn morgen unbedingt brauche, Inés!« Das war der Ernesto, den ich kannte. Mama hätte gesagt: »Das alte Lied, Kleine!« Aber sie sieht immer alles so negativ, sie hat einfach zu viel abgekriegt. Ich nicht. Ich, die ich gerade erst einen Flächenbrand in Gang gesetzt hatte, bekam es mit der Angst zu tun, als sich die Dunkelheit so unerwartet aufhellte und ich begriff, worauf es eigentlich ankommt im Leben.

Ernesto machte sich einen Drink, setzte sich in den Sessel mir gegenüber und legte die Füße auf den Couchtisch, neben den himmelblauen Ordner, in dem ich mittlerweile die Presseausschnitte aufbewahrte, die am Wochenende über den Tod der Deinen bzw. der Ex-Deinen bzw. der Frau, die ich für die Deine gehalten hatte, erschienen waren. Ich konzentrierte den Blick auf seine Schuhe, die fünf Zentimeter von dem Ordner entfernt auf der Tischplatte ruhten. Schließlich hielt ich es nicht mehr aus und sagte: »Alicia ist aufgetaucht.« Ernesto wurde stocksteif. »Gestern haben sie die Leiche gefunden.« Ich beugte mich über den Couchtisch und reichte ihm den himmelblauen Ordner. Ernesto schlug ihn auf und las die Ausschnitte in chronologischer Reihenfolge, so wie ich sie eingeordnet hatte. Der Ordner in seinen Händen zitterte. Er tat mir leid, er schien auf einmal wieder ein kleiner Junge zu sein. Lali kam ins Zimmer und murmelte einen kaum verständlichen Gruß. Sie sah ausgesprochen schlecht aus. Wahrscheinlich hatten sie und ihre Freundin es am Wochenende mal wieder so richtig übertrieben, kaum geschlafen und was Mädchen in ihrem Alter noch so machen. Aber dies war nicht der Moment, ihr eine Standpauke zu halten. Ihr Papa und ich hatten selbst eine ausgesprochen schwierige Situation zu bewältigen. Außerdem hatten wir mittlerweile ohnehin schon viel zu viele Jahre und Mühen in ihre Erziehung investiert. Vom Geld einmal abgesehen. Ernesto hatte es einmal ausgerechnet: Wenn Lali mit der Schule fertig wäre, hätten wir allein für das Schulgeld fast achtzigtausend Dollar ausgegeben. Arbeitsmaterial, Schuluniformen, Bücher, Klassenausflüge, die verwünschte Abschlussreise und diverse Nachhilfelehrerinnen eingeschlossen, kamen wir locker auf einhunderttausend Dollar! Hübsches Sümmchen. Nur damit sie anschließend kommt und sagt, sie will Model werden – wie Ernesto immer klagte. »Oder Hausfrau« – erwiderte ich dann; er selbst wäre nicht im Traum auf den Gedanken gekommen, sein Töchterchen könnte eines Tages als simple Hausfrau enden. »Lali ist für andere Dinge bestimmt«, sagte er bei solchen Gelegenheiten. Aber sosehr Ernesto sonst in Gedanken ständig mit Lali und ihrer Zukunft beschäftigt war, in diesem Moment dachte er, den himmelblauen Ordner in den

Händen haltend, doch einmal über sich selbst nach. Und dazu hatte er allen Grund. Denn an sich selbst denken hieß in diesem Fall, an uns alle zu denken, seine Familie. Dass Lali womöglich eine oder auch zwei Nächte durchgemacht hatte, war für ihr weiteres Leben im Grunde belanglos. Lali sah uns eine Weile an, aggressiv, verbittert, das kannten wir inzwischen ja schon, dann ging sie nach oben. Ernesto brachte kaum ein Wort heraus. Schlimmer noch, bei dem Versuch, zu sagen, »das Parfüm für dich habe ich nicht bekommen«, überschlug sich seine Stimme, und es klang wie in einer Telenovela. Auf dem Treppenabsatz drehte sich Lali um und sah ihn an; dann ging sie weiter. Ein Glück. Manchmal ist die schweigende Verachtung, mit der heranwachsende Kinder einen strafen möchten, die beste Lösung. Wenn sie was braucht, wird sie schon wieder sprechen. »Wenn die wüsste, was ihre armen Eltern durchzustehen haben«, sagte ich. Und Ernesto sagte: »Lass sie, sie ist noch ein Kind.« So ist er: Immer verteidigt er sie.

Ernesto wartete, bis Lali auf der Treppe verschwunden war. Dann las er weiter in dem Ordner. Dabei wurde er immer bleicher, bis von der brasilianischen Bräune kaum etwas übrig war. »Lali darf auf keinen Fall etwas mitbekommen«, sagte er. Ihm standen die Tränen in den Augen. Er war völlig fertig. »So ein Mist!« Er schluchzte auf. Ob wegen Lali oder wegen ihm selbst, vielleicht sogar wegen Alicia, kann ich nicht sagen. Aber die Tränen flossen ihm jetzt in Strömen übers Gesicht.

Ich stand auf und setzte mich neben ihn. Ernesto warf den Ordner auf den Tisch und starrte ins Leere. Dann seufzte er tief und wischte sich die Tränen fort. Er sah mich an. Er griff nach meiner Hand und presste sie. Er streichelte eine Haarsträhne, die mir ins Gesicht gefallen war, tätschelte meinen Oberschenkel und sagte: »Keine Sorge, das wird schon.«

Da begriff ich endgültig, dass ich einen nicht wieder gutzumachenden Fehler begangen hatte.

27

»Pau…«

»Lali?«

»Ja.«

»Ach, du bists, was machst du?«

»Ich bin zu Hause. Und, wie wars bei dir?«

»Super. Und bei dir?«

»Gut.«

»Bist du heute nicht in die Schule gegangen?«

»Nein. Du ja auch nicht.«

»Ich war total fertig nach dem Wochenende mit meinen Eltern. Das hat mich echt geschafft.«

»…«

»…«

»Weißt du was, seit ungefähr einer Stunde ist mein Bauch knallhart. Am Wochenende war das auch schon ein paarmal so, aber das ging dann vorbei, und alles war okay, aber jetzt kommt es immer wieder und hört gar nicht mehr auf. Keine Ahnung. Weißt du, was das sein könnte?«

»Keine Ahnung.«

»…«

»…«

»…«

»Tut es weh?«

»Nein. Aber es fühlt sich steinhart an.«

»Weiß auch nicht – ob das die Wehen sind?«

»Was weiß ich.«

»Ich glaube, ungefähr so muss das sein mit den Wehen.«

»Wie ungefähr?«

»Dass der Bauch total hart wird und so.«

»...«

»Sicher bin ich mir auch nicht.«

»Und wenn, was muss ich dann tun?«

»Also da habe ich keine Ahnung.«

»...«

»Man müsste jemanden fragen, der sich auskennt. Soll ich meine Mutter holen?«

»Nein, mach bloß nicht alles noch komplizierter.«

»Okay, wenn du nicht willst, dann nicht.«

»Jetzt lässt es ein bisschen nach.«

»Ein Glück!«

»Ja.«

»...«

»...«

»Ist es vorbei?«

»Ja, fast.«

»Hast du nachher Zeit?«

»Okay.«

»Also nur wenn es dir gut geht, natürlich.«

»Klar, wird schon gehen.«

»Um fünf im Shoppingcenter, okay?«

»Bis dann.«

»Ciao.«

»Ciao.«

28

Inzwischen hatte ich mich einigermaßen beruhigt. Ich fing an, etwas Leckeres zum Abendessen zu kochen. Eine von Ernestos Lieblingsspeisen. Aber nicht wieder Pfeffersteak mit Sahnekartoffeln, das hatte mir kein Glück gebracht an dem Abend, bevor Ernesto mit Charo nach Brasilien flog. Ich machte Huhn in Orangensoße, ein bisschen bitter für meinen Geschmack, aber ein raffiniertes Rezept und dazu unbelastet von irgendwelchen Erinnerungen.

Eigentlich änderte sich gar nicht so viel dadurch, dass die Leiche aufgetaucht war. Bei einer einigermaßen sorgfältigen Autopsie würde man natürlich feststellen, dass Alicia sich am Kopf verletzt hatte. Aber hierzulande weiß man nie. Und selbst wenn: Die Verletzung trug schließlich nicht die Unterschrift »Ernesto Pereyra«.

Ernesto duschte und kam dann nach unten zum Essen. Lali war zum Glück weggegangen. Zum Shoppen mit einer Freundin. Da kann die Welt untergehen – den Teenagern ist das egal, die klappern stur weiter Laden um Laden ab. Ohne was zu kaufen, natürlich. Mein Gott, was für eine Generation! Aber meinetwegen konnte sie natürlich shoppen gehen, soviel sie wollte. Und falls sie bei ihrer Freundin übernachtete, umso besser. Für Ernesto und mich war es nur gut, wenn wir eine Weile allein sein und ungestört über alles reden konnten. Dies war jedenfalls bestimmt nicht der Moment, um Lali in die Angelegenheit einzuweihen!

Ernesto sah müde, vor allem aber besorgt aus, als ich das Huhn servierte. Anlass dazu bestand natürlich, aber ein bisschen dagegenhalten muss man trotzdem, sonst bringt einen die Wirklichkeit um. Sicher war die Sache reichlich kompliziert, unbestreitbar. Andererseits war aber noch längst nichts entschieden, und darauf kam es an. Es gibt nur wenige Dinge im Leben, die absolut unabänderlich sind, der Tod natürlich oder dass man einen Arm verliert oder ein Kind bekommt. Daran lässt sich wirklich nichts ändern, weder zum Guten noch zum Schlechten. Aber Ernesto war weder gestorben, noch hatte er einen Arm verloren, noch war er erneut Vater geworden. Er hatte eine Tochter – *wir* hatten eine *gemeinsame* Tochter –, und das war einer meiner Trümpfe. Allein deswegen würden wir weiter kämpfen müssen und versuchen, Ernesto von jedem Verdacht freizuhalten. Das eigentliche Problem war, dass es nicht allzu viele Verdächtige in dieser Sache gab. Andernfalls hätte sich der Druck auf mehrere Personen verteilt und wäre einfacher auszuhalten gewesen. Aber dem war nicht so. Genau genommen war Ernesto der einzige Verdächtige. Und man hatte ihn auch bereits ins Visier genommen. Ernesto hatte mir davon bloß nichts erzählt. »Ich wollte dir nicht noch mehr Sorgen machen, außerdem gibt es ohne Leiche auch keinen Mord«, sagte er und wiederholte damit, was ich vor ein paar Monaten zu mir selbst gesagt hatte. Worauf es mich wie ein Messerstich durchfuhr, schließlich war es meine Schuld, dass es auf einmal eine Leiche gab. Eine Leiche und einen

Verdächtigen. Zwei geschwätzige Kolleginnen von Ernesto und Alicia hatten offensichtlich ausgeplaudert, dass die beiden etwas miteinander gehabt hätten, da seien sie sich ganz sicher. Wahrscheinlich kamen sie sich besonders schlau und intelligent vor, dabei wussten sie nicht einmal die Hälfte dessen, was tatsächlich passiert war. Wie auch immer. Ernesto saß jedenfalls in der Patsche. So sind sie nun mal, diese Weiber, die ihr Leben lang nicht aus ihren Büros herauskommen. Neidische, missgünstige Giftspritzen. Typische Ausgeburten dieser in sich geschlossenen Welt, die man »Unternehmen« nennt. Und je näher ihre Arbeitsstelle am internen Machtzentrum angesiedelt ist, desto schlimmer. Da sie keine Zeit haben, um ein eigenes Leben zu führen, leben sie das der anderen. Ihr ganzer Sinn und Lebenszweck ist das Büro. Dort findet von Montag bis Freitag das statt, was sie ihr Leben nennen. Die Wochenenden sind für sie die reinste Qual. Bis endlich wieder der heiß ersehnte Montag kommt, an dem ihr Leben weitergeht. Die Ärmsten. Mit Alicia war es nicht anders, sie erfand sich ein Leben an Ernestos Seite. Ein heimliches, vorläufiges Leben ohne Zukunft. Ein Leben von Montag bis Freitag, von halb neun Uhr morgens bis sieben Uhr abends. Und dieses Leben hatte ihr dann ausgerechnet eine ihrer nächsten Verwandten zerstört. Aber wie hätte etwas, was so schlecht begonnen hatte, auch anders enden sollen? Deprimierend. Und so vorhersehbar! Meine Mama hätte die Sache sofort durchschaut. Selbst ich hatte sie irgendwann durchschaut.

Jedenfalls gaben diese beiden Damen an, Ernesto und Alicia hätten etwas miteinander gehabt. »Na gut, sollen sie doch sagen, was sie wollen, aber du hast schließlich ausgesagt, dass wir uns an dem Abend *Psycho* angesehen haben, und das Gleiche werde ich auch sagen, wenn mich jemand fragt«, sagte ich. Und um ihm Mut zu machen, fügte ich hinzu – und tat dabei gelassener, als ich in Wirklichkeit war –: »Wir haben ein Alibi, Liebling!« – »Ich habe aber ausgesagt, dass du unten *Psycho* angesehen hast, während ich oben im Schlafzimmer lag und schlief«, verbesserte er mich. So hatten wir das nicht abgesprochen. »Ich wollte sichergehen, dass ich nicht durcheinanderkomme, wenn man mich nach dem Inhalt des Films fragt. Wenn man sagt, man hat geschlafen, verwickelt man sich nicht so einfach in Widersprüche«, erklärte er. Das fand ich eine vernünftige Überlegung. Aber Ernesto ist sowieso nicht dumm, das muss man zugeben. Andererseits ist er ein Mann und folglich durchaus imstande, Tyrone Power mit Mel Gibson zu verwechseln. Jedenfalls funktionierte das mit dem Alibi auch so, schließlich hätte ich ja mitbekommen, wenn er das Haus verlassen hätte – sozusagen. In Wirklichkeit verließ er natürlich das Haus, und ich bekam das auch mit. (»*Think in English*«, wie Mrs. Curtis zu sagen pflegte.) Was unser Alibi betraf, war also alles in Ordnung. Alles, bis auf Ernesto: So wie er einen ansah, hätte man ihm kein einziges Alibi abgenommen. Das Huhn in Orangensoße wurde kalt. »Ich fürchte, die denken, du willst mich decken.« – »Jetzt sieh bloß nicht alles so schwarz, Ernesto. Die denken überhaupt nichts.« Das Problem war weiterhin, dass es keine anderen Verdächtigen gab. Mit der Justiz wird es immer schlimmer: Die begnügen sich mit dem erstbesten Hinweis und stellen alle weiteren Nachforschungen ein. Die Tatsache, dass Ernesto der einzige Verdächtige war, stärkte unsere Position also nicht gerade. »Wir müssen uns andere mögliche Verdächtige ausdenken, lass dir was einfallen«, sagte ich. Leider kam dieser Vorschlag bei Ernesto gar nicht gut an. Immer käme ich mit meinen verrückten Einfällen, erwiderte er, das fehle noch, dass wir irgendwelche Dinge erfinden, die später bloß auf uns zurückfallen würden, so etwas komme für ihn überhaupt nicht infrage. Dem Gesicht, das er dabei zog, entnahm ich allerdings, dass er sich in dieser Hinsicht sehr wohl Gedanken machte. Darum hakte ich nach. »Hatte sie irgendwelche Feinde?« – »Nein, alle mochten sie gern.« – ›Bis auf die Nichte‹, dachte ich. »Wer hat ihre Sachen geerbt?« – »Keine Ahnung, die Eltern, nehme ich an, Kinder hatte sie keine.« – ›Aber eine Nichte‹, dachte ich. »Das heißt, nachdem in diesem Fall weder finanzielle noch sonst irgendwelche alten Rechnungen infrage kommen, bleibt nur noch die Möglichkeit eines Verbrechens aus Leidenschaft«, sagte ich. Es hörte sich an wie in einer Krimiserie im Fernsehen. »Und genau deshalb sieht es schlecht für mich aus«, sagte Ernesto hastig. »Weil du der einzige Verdächtige bist. Bei diesem Motiv muss es aber noch jemanden geben.« Die dritte Seite des gleichschenkligen

141

Dreiecks. Die Dritte im Bunde. Oder die Vierte? Charo war die ideale Kandidatin. Sie mochte die Tote nicht, ein Teil von deren Geld fiel ihr möglicherweise als Erbe zu, und sie hatte ein Techtelmechtel mit dem Liebhaber ihrer Tante, die die Geliebte meines Ehemanns war. Perfekt. Ernesto brauchte bloß zwei und zwei zusammenzählen und das Ergebnis bekannt geben. Aber so gut war er nicht in Mathematik, wie sich herausstellte: »Alle wussten, dass es in Alicias Leben keine anderen Männer gab«, sagte er bedeutungsschwer. Allmählich fing ich an, mir Sorgen zu machen. Ernesto brauchte nicht bloß viel zu lange, um zu begreifen, worauf es jetzt ankam, sondern er setzte auch »alle« gleich mit den beiden Damen, die gegen ihn ausgesagt hatten. »Wir können uns noch so viele andere Männer ausdenken, niemand wird uns glauben«, fuhr er fort. Da unterbrach ich ihn, auf die Gefahr hin, allzu deutlich zu werden: »Dann erfinden wir eben eine Frau.« Ernesto sah mich erstaunt an. »Eine Frau, die so verrückt nach dir ist, dass sie imstande wäre, Alicia deshalb aus dem Weg zu räumen.« – »Das ist doch Wahnsinn«, entgegnete Ernesto. »Jemand, der imstande ist, dir Briefe zu schicken, die er mit ›die Deine‹ unterschreibt«, sagte ich. »Du hast in meinen Sachen geschnüffelt«, wagte er mich zu unterbrechen. »Jemand, der dich nackt fotografiert hat.« – »Inés, das gibts doch wohl nicht!« – »Jemand, der bereit ist, mit dir übers Wochenende nach Rio zu fahren.« – »Kommt überhaupt nicht infrage.« – »Man braucht das bloß alles zusammenzuschreiben, die Fotos dazuzutun, in einen Umschlag zu stecken und das Ganze an die richtige Stelle zu schicken.« – »Nein«, sagte Ernesto nochmals, klang aber nicht mehr ganz so überzeugt. Daraufhin sagte ich abschließend – und dem war wirklich nichts mehr hinzuzufügen –: »Wärst du bereit, für sie ins Gefängnis zu gehen?«

Ernesto antwortete nicht.

»Wie stellst du es dir denn vor?«, fragte ich, wohl wissend, dass er keine Antwort darauf hatte. Ernesto sah mich weiter wortlos an.

Da ließ ich es sein.

Nein, Ernesto wäre dazu nicht imstande.

»Acht zwei fünf, acht drei acht drei.«

»Ja?«

»Entschuldigung, ist Guillermo da?«

»Einen Moment, wer ist da, bitte?«

»Lali.«

»Ah ja, Sekunde.«

»...«

»Hallo.«

»Hallo, Guillermo, entschuldige die Störung, ich bin das Mädchen von neulich abends, am Busbahnhof ...«

»Ja, ich weiß, wer du bist. Gut, dass du anrufst!«

»...«

»Wie gehts denn so, Kleine?«

»Gut.«

»Gut?«

»Na ja, mehr oder weniger.«

»Rufst du von zu Hause an?«

»Ja.«

»Na also. Das ist gut. Sehr gut.«

»Nee, eigentlich bin ich in einer Telefonzelle, in einem Einkaufszentrum, aber heute Abend gehe ich nach Hause.«

»Gut, ausgezeichnet.«

»...«

»...«

»Ich ruf an, weil ich ein Problem habe.«

»Wenn es bloß *ein* Problem ist, ist es jedenfalls besser als neulich!«

»...«

»Lach doch mal, das tut dem kleinen Stürmer gut.«

»...«

»Siehst du, so gefällts mir. Jetzt erzähl mal, was gibts denn?«

»Mein Bauch wird immer so hart, superhart, und dann hört es wieder auf. Ich hab gedacht, ich weiß nicht, also vielleicht weiß deine Frau, was das sein kann.«

»Willst du mich verarschen, Kleine?«

»Nein, wieso?«

»Das sind die Wehen. Ist es denn schon so weit?«

»Keine Ahnung.«

»Du verarschst mich ...«

»...«

»Was hat denn der Arzt gesagt?«

»Nein, ich ... ich war bis jetzt noch bei keinem Arzt.«

»Das Schlimmste ist, du verarschst mich gar nicht ...«

»...«

»Also, jetzt bleib, wo du bist, ich hol dich ab und bring dich ins Krankenhaus.«

»Ins Krankenhaus?«

»Ja wo willst du dein Kind denn bekommen, Kleine?«

»Heißt das, es kommt vielleicht jetzt schon?«

»Weiß ich auch nicht, ich bin bloß Vertreter, ich verkaufe Reißverschlüsse und so was, Kleine, aber für alle

Fälle bringe ich dich jetzt ins Krankenhaus. Gib mir mal die Adresse von dem Einkaufszentrum.«

»…«

»Hallo …«

»…«

»Hallo!«

»…«

»Die ist ja total verrückt. Sie hat aufgelegt!«

30

Alicias Leichnam wurde aus dem Kühlfach genommen
und auf den Tisch gelegt. Ein kleines Pappschild beschei-
nigte ihre Identität, so wie sie einige Tage zuvor durch
Analyse des Gebisses bestätigt worden war. Das Medaillon mit ihren Initialen und dem Geburtsdatum war dafür
nicht ausreichend gewesen, zumindest aus rechtsmedizinischer Sicht. Für andere dagegen sehr wohl: Alicias Vater
wusste genau, dass sie es war. Ihre Mutter auch. Charo,
Ernesto und Inés ebenso, obwohl sie das Medaillon nicht
zu sehen bekommen hatten.

Der Reißverschluss des Plastiksacks wurde aufgezo-
gen, und der Raum erfüllte sich mit dem Geruch der
toten Alicia. »Leichnam in weit fortgeschrittenem Ver-
wesungszustand«, diktierte der Arzt dem Assistenten,
der Notizen für die Abfassung des Obduktionsberichts
machte. Der Arzt untersuchte den Körper. Zunächst
äußerlich: Ließen sich Traumata feststellen, Schnitt-
wunden, Schusslöcher? Bei einem so stark verwesten
Leichnam ein schwierig durchzuführendes Unternehmen, mochte es auch noch so oft eingeübt worden sein;
zudem, was die Sache nicht einfacher machte, offensichtlich sinnlos, da alles darauf hindeutete, dass es sich
um einen Tod durch Ertrinken gehandelt hatte. Reine
Routine also. Er drehte den Leichnam um und setzte die
Untersuchung fort. Etwas fiel ihm auf: »Blutansamm-
lung im Bereich der oberen Wirbelsäule«, diktierte er

seinem Assistenten. Er tastete den Hals ab, in auf- und absteigender Richtung. Und fügte hinzu: »Fraktur des sechsten und siebten Halswirbels mit fast völliger Separation der Bruchteile, Austritt von Knochenmark.« Er drehte den Leichnam wieder auf den Rücken und griff zum Skalpell. Offenbar war doch nicht alles so eindeutig an diesem toten Körper. Er zeichnete ein Ypsilon auf seiner Oberfläche, darauf bedacht, Alicias Brüste unversehrt zu lassen. Anschließend übergab er das Skalpell seinem Assistenten und klappte die Haut zur Seite. Der Assistent reichte ihm die Elektrosäge, und der Arzt schnitt den Brustkorb auf, durchtrennte das Brustbein, bog die Schlüsselbeine zur Seite und drang bis zur Brust vor. Der Assistent machte sich daran, die Eingeweide zu entfernen. Er hob sie in einem Bündel heraus, entwirrte sie, um sie messen und wiegen zu können. Zuerst die Lunge. Es stellte sich heraus, dass Alicia nicht ertrunken war. »Kein Anzeichen von aufgeblähten Lungenflügeln«, diktierte der Arzt.

Der Assistent nahm heraus, was noch übrig war. Als die Gebärmutter an die Reihe kam, schnitt er sie wie vorgesehen durch, die Teile waren einzeln in Formaldehyd zu konservieren. Doch nach dem ersten Schnitt zögerte er, und beim zweiten wurde er vorsichtiger. Den dritten Schnitt führte er nicht aus – stattdessen rief er den Arzt herbei. Dieser kam, öffnete das Organ entlang dem Schnitt, besah sich sein Inneres und nickte. Anschließend diktierte er: »Möglicherweise lag eine

Schwangerschaft vor, ungefähr im Stadium der zwölften Woche.«

Sie füllten den Körper mit Stoff aus, nähten vorsichtig alles wieder zu und wuschen ihn.

Der Reißverschluss wurde zugezogen, und der Leichnam Alicias verschwand wieder im Kühlfach.

Ernesto wartete im Zimmer. Ich ging den Werkzeugkasten holen. Als ich mit dem Kasten in der Hand die Treppe hinaufstieg, hatte ich ein seltsames Gefühl, als spielte ich in einem Film mit und die Kamera folgte jedem meiner Schritte auf der Treppe. Ich, die Heldin, angestrahlt von den Scheinwerfern, im Zentrum der Leinwand. Innerlich hörte ich sogar die passende Musik dazu. Wirklich komisch. Aber es gefiel mir auch, ich kam mir wichtig vor, ich war dabei, etwas zu tun, wovon die Zukunft meiner Familie abhing. Und das verschaffte mir eine Sonderstellung, auf einmal stand ich an dem Platz, von dem aus über das Schicksal der anderen entschieden wird. Manche Menschen gehen durchs Leben, ohne irgendwelche Spuren zu hinterlassen. Eine deprimierende Vorstellung. Meine Mama zum Beispiel. Alles, was sie in ihrem Leben getan hat, war, meinen Vater zu hassen, und das hinterlässt nur Spuren in einem selbst. So viel ich auch darüber rede – es war doch *ihr* Leben, und darin drehte sich alles nur um ihren Mann. Ich blieb davon ausgeschlossen. So wie Lali. Hätte Mama ihn umgebracht, wäre es etwas anderes gewesen, aber so war sie einzig und allein mit ihrem Hass beschäftigt. Und was mich betrifft: Wäre es nicht zu dem Unfall mit Alicia gekommen und allem, was daraus folgte, wäre auch ich praktisch unbemerkt durchs Leben gegangen. So aber stieg ich wie eine Königin die Stufen empor, im Arm die Gabe für die Götter, die mich am

Altar erwarteten, soll heißen: den Werkzeugkasten für Ernesto oben im Zimmer.

Als ich hineinkam, saß Ernesto auf dem Bett. Ich stellte den Werkzeugkasten vor ihm ab und setzte mich neben ihn. Das war eigentlich schön. Wir beide nebeneinander auf dem Bett, gemeinsam mit etwas beschäftigt. So wie damals, als wir noch jung waren und uns zusammen Fotos ansahen oder einen ganzen Vormittag nur mit Zeitunglesen zubrachten. Ich könnte nicht beschwören, dass wir tatsächlich jemals derlei getan haben – nach zwanzig Jahren ist eine Ehe längst nicht mehr das, was sie ist, sondern das, wofür man sie hält. Man bringt die Dinge durcheinander, was dem einen passiert ist, könnte auch dem anderen passiert sein. Alles ähnelt sich so sehr, vor allem in Nullachtfünfzehn-Ehen wie unserer, Standardfamilien. Ich weiß nicht, ob ich jemals zusammen mit Ernesto auf dem Bett gesessen und Fotos angesehen habe, aber selbst wenn nicht, hätte es doch sein können. Und genau so kam es mir in diesem Moment vor – als hätten wir etwas irgendwann Verlorengegangenes wiederbekommen.

Ernesto klappte den Deckel auf und erlebte die erste böse Überraschung: Vor seinen Augen lag Alicias Pistole. »Was ist das denn?« – »Die Pistole, mit der Alicia dich erschießen wollte.« Ernesto sah mich verwundert an. »Mich?« – »Denk ich mir doch. Sie lag neben deinen Nacktfotos und den Flugtickets nach Rio.« – »Wo?« – »In ihrem Nachttisch.« – »Warst du in ihrer Wohnung?« –

»Ja.« – »Das ist doch Wahnsinn, Inés! Jemand hätte dich sehen können. Hat dich wer gesehen?« – »Nein.« – »Bist du sicher?« – »Ich bin dem Portier begegnet, aber er hat mich nicht gesehen, und ich habe in der Bar gegenüber einen Kaffee getrunken, aber der Kellner, der mich bedient hat, ist so beschränkt, der kann nicht mal zwei und zwei zusammenzählen.« – »Was für ein Kellner? So ein großer mit grauen Haaren?« – »Ja, ein langer Kerl, mit schwarzem Schnurrbart, er hat mir den halben Zuckerstreuer über den Rock gekippt.« Ernesto sah mich angespannt an. Ich weiß nicht, ob das der richtige Ausdruck ist. Dann entspannte er sich und griff nach der Pistole. Er sah sie sich von allen Seiten an, packte sie, als wollte er schießen. »Pass auf, Ernesto!« – »Ist sie geladen?« – »Was denkst du denn? Wie hätte sie dich denn erschießen sollen, wenn sie nicht geladen gewesen wäre?« Ernesto öffnete das Patronenfach, nahm die Patronen raus, klappte es wieder zu und legte alles zusammen in seine Nachttischschublade.

Wir sahen nochmals alles durch. Die Briefe mit der Unterschrift »die Deine«. Die Lippenstiftherzen. Die Schachtel mit den Kondomen und der Widmung. Auf keinen Fall wollte Ernesto jedoch die Nacktbilder verwenden. Das war ihm zu peinlich, außerdem hatten wir auch so genügend belastendes Material. Schließlich ging es darum, die Polizei davon zu überzeugen, dass es eine Frau gab, die hinreichend Grund hatte, Alicia aus dem Weg räumen zu wollen. Aus Eifersucht, obsessivem Besitztrieb, fanatischer Liebe zu Ernesto. Eine Frau, die ihn ganz für sich allein haben wollte. Und die jederzeit wusste, wo sich die Verstorbene gerade befand. Charo. Die war außerdem schon allein wegen ihrer verwandtschaftlichen Beziehung zu Alicia gezwungen, dieser ständig über den Weg zu laufen, ihr bei Familientreffen zu begegnen, ihre Vorwürfe zu ertragen. All das war äußerst unangenehm, kaum zu ertragen, sodass sie eines Tages beschloss, ein für alle Mal Schluss zu machen und sich die ungeliebte Tante vom Hals zu schaffen. Ich legte die Argumente für Ernesto zurecht und schmückte sie noch ein wenig aus, damit sie auch wirklich überzeugend gerieten: Charo war unglaublich besitzergreifend (Beweis Nummer eins: Brief Nummer eins: »Ich muss dich unbedingt sehen, sofort«); sie konnte nicht ertragen, dass es noch eine andere Frau in Ernestos Leben gab (Beweis Nummer zwei: ein Satz auf einer Papierserviette: »Ich will dich nur für mich«); sie war zu allem fähig (Beweis Nummer drei: die Widmung auf der Kondomschachtel; dabei kam es nicht auf die Formulierung an, sondern auf die bloße Tatsache der Widmung); sie hatte einmal angedeutet, dass sie überlege, Alicia aus dem Weg zu räumen (Beweis Nummer vier: der Satz auf einer Streichholzschachtel aus einem Stundenhotel: »Nichts kann uns trennen«). Ernesto würde vor einem geeigneten Gegenüber äußern, dass er die erwähnten Sätze bis jetzt immer nur für bloßes Gerede gehalten habe. Nach einigem Überlegen fühle er sich inzwischen aber doch verpflichtet, darauf hinzuweisen, dass Charo möglicherweise etwas mit der Sache zu tun haben könne. Es würde nicht einfach sein, Charo würde zum Gegenangriff übergehen, aber Ernesto hatte ein Alibi, er war zu Hause gewesen, ich würde es bezeugen können, er schlief oben, während ich unten im Wohnzimmer *Psycho* ansah. Charo nicht. Ernesto wusste das, er sagte mir zwar nicht, was sie an jenem Abend gemacht hatte, aber er wusste, dass sie kein Alibi hatte. Außer sie erfand eins, so wie wir. Aber sie hatte niemanden, der sie bedingungslos deckte und beschützte. Ernesto schon, er hatte mich.

In dieser Nacht schlief ich gut. Wir liebten uns nicht, Ernesto war zu müde. Aber ich war glücklich, wir hatten so viel zusammen erlebt, waren uns so nahe gewesen, das war wichtiger als irgendwelche heißen Liebesnächte, die er am Wochenende mit Charo gehabt hatte. Wenn zwei Menschen zusammenfinden, wie es uns gelungen war, ist nicht ausgeschlossen, dass die Verbindung ein ganzes Leben hält. Während noch die stärkste sexuelle Anziehung ihr Ende in einem Orgasmus findet. Und den möchte ich sehen, der anschließend mit der gleichen Begeisterung weitermacht.

Am Morgen ging Ernesto früh aus dem Haus, um im Polizeikommissariat 31 seine spontane Aussage zu machen. So hatten wir es besprochen. Er wollte nicht, dass ich mitkam. »Ich möchte dich so weit wie möglich aus der Sache raushalten.« Ich übergab ihm den Werkzeugkasten, und er zog los. Er war so aufgeregt, dass er nicht einmal bei Lali vorbeisah, um ihr einen guten Morgen zu wünschen. Wirklich seltsam, aber besser so: Lali hatte nicht zu Hause übernachtet. Bestimmt war sie wieder bei ihrer Freundin und hatte nicht Bescheid gesagt. Doch Ernesto wäre nur noch nervöser geworden, wenn er es bemerkt hätte.

Keine fünf Minuten nachdem er gegangen war, wurde ich selbst von einer unerträglichen inneren Unruhe erfasst. Es war schier nicht auszuhalten. Im selben Moment, in dem über mein gesamtes zukünftiges Leben entschieden wurde, saß ich zu Hause wie an einem ganz normalen Tag und sollte entscheiden, ob ich frische Laken aufzog oder sie nicht doch noch ein paar Tage so bleiben konnten.

Ich bestellte ein Taxi und ließ mich zum Kommissariat bringen. Auch wenn ich mich mit der Rolle eines Voyeurs bescheiden musste, wollte ich doch aus sicherem Versteck in der Nähe meinen Sieg über Charo feiern. Beziehungsweise unseren Sieg, schließlich waren Ernesto und ich wieder ein Team. Zu meiner Verwunderung konnte ich Ernestos Auto nirgendwo entdecken. Dabei zahlt er nur ungern für ein Parkhaus oder einen bewachten Parkplatz. Ich näherte mich vorsichtig dem Eingang zum Kommissariat und sah mich unauffällig um. Von Ernesto keine Spur. Vielleicht legte er gerade seine Aussage ab. Niemand fragte mich, was ich dort machte, ob man mir helfen könne oder etwas in der Art, aber ich wollte die Gleichgültigkeit der diensthabenden Beamten nicht überstrapazieren, weswegen ich mir ein diskretes Plätzchen suchte, von wo aus ich ungestört beobachten konnte. Das tat ich eine volle Stunde lang, ohne dass etwas geschah. Mir fielen verschiedene mögliche Erklärungen ein, ich hatte aber kein Papier dabei, um mir ein Schaubild aufzuzeichnen, also entwarf ich eins im Kopf.

Variante 1

Ernesto macht gerade seine Aussage, und das dauert, weil bei der Justiz immer alles lange dauert.

Variante 2

Ernesto macht gerade seine Aussage, und das dauert, weil jemand misstrauisch geworden ist und man ihn dort behält.

Variante 3

Ernesto hatte ein Problem mit dem Auto und kommt zu spät.

Variante 4

Ernesto ist eingefallen, dass er noch etwas im Büro zu erledigen hatte, weshalb er die Aussage auf später verlegt hat.

Variante 5

Ernesto kommt gerade.

Das war eigentlich keine Hypothese, sondern genau das, was jetzt vor meinen Augen geschah: Gerade als ich über eine fünfte Möglichkeit nachdenken wollte, kam Ernesto angefahren. Variante eins und zwei schieden damit automatisch aus, und ob er nun aufgrund von Variante drei oder vier zu spät kam, spielte keine Rolle mehr – was zählte, war Variante fünf: Ernesto war da.

Er parkte an der Ecke und stieg aus. Aber er war nicht allein, auf der Beifahrerseite entstieg dem Wagen ein schlanker, groß gewachsener grauhaariger Mann. Jemand, den ich irgendwoher kannte – aber woher? Gemeinsam überquerten sie die Straße. Ernesto ging ein paar Schritte voraus, als wollte er dem anderen den Weg zeigen. Den Werkzeugkasten hatte er nicht dabei. Bevor sie hineingingen, ordnete der Mann seine Frisur vor dem Rückspiegel eines Streifenwagens. Dabei konnte ich ihn mir genauer ansehen. Und da fiel mir auch sein schwarzer Schnurrbart auf. Ich spürte etwas Süßes im Mund, und auf einmal war mir alles klar. Es war der Kellner, der mir an dem Tag, als ich in Alicias Wohnung gewesen war, den Zucker über den Schoß gekippt hatte.

32

»Es tut weh!«

»Das weiß ich, Kleine. Entspann dich, so gut es geht, ich muss dich jetzt abtasten.«

»Was heißt das?«

»Ich will wissen, ob du schon ein bisschen aufgegangen bist.«

»Ich hab Angst …«

»Keine Sorge, Kleine, ich werde bloß mal tasten, aber das hast du noch nie machen lassen, stimmts?«

»Ja.«

»Glück gehabt, alles in Ordnung.«

»…«

»Schon gut, weine nicht, gleich hast du dein Kleines im Arm. Jetzt entspann dich noch mal, los.«

»…«

»Siehst du, ist doch gar nicht so schlimm, meine Liebe, ein kleines Stückchen noch, einen Fingerbreit …«

»…«

»Ein paar Sekunden noch, gleich bin ich fertig.«

»…«

»Entspannen bitte, sonst gehts nicht.«

»…«

»Da spür ich das Köpfchen.«

»…«

»Nicht weinen, Kleine.«

»…«

»Also gut, ich lasse sofort einen Platz im Kreißsaal reservieren. Sechs Zentimeter ist der Spalt schon breit. Gleich gehts los!«

»Ich habe Angst!«

»Aber wieso denn!«

»...«

»Immer mit der Ruhe, das ist überhaupt nichts Besonderes.«

33

Inés stieg in ein Taxi und ließ sich nach Hause fahren. Sie ging in die Küche. Sie trat an die Spüle und zog sich die Gummihandschuhe an. Dicke, orangefarbene Gummihandschuhe, Größe M. Sie bewegte die Finger in der Luft, als wollte sie bestimmte Bewegungen ausprobieren. Sie kam sich steif und ungeschickt vor, zerrte die Handschuhe von ihren Händen, schmiss sie wütend an die weiß gekachelte Wand, genau dahin, wo das Brettchen für die Teekanne und die weiß-blaue Tasse angebracht war. Sie ging aus der Küche und hinauf in ihr Zimmer. Auf der Treppe knickte sie mit dem Fuß um. Die letzten Stufen konnte sie nur noch humpelnd hochsteigen, weswegen sie ihr Tempo jedoch nicht verlangsamte. Sie stieß die Zimmertür auf, dass sie an die Wand knallte, und ging hinein. Sie trat an ihren Kleiderschrank und wühlte darin herum. Fach für Fach, Schublade für Schublade. Sie fand das Gesuchte nicht. Sie machte eine kurze Pause und überlegte. Da fiel es ihr ein. Sie ging in Lalis Zimmer. Zum Glück war Lali noch nicht zurückgekommen.

Sie stieg auf einen Hocker und langte ans hintere Ende im obersten Fach des Schranks ihrer Tochter. Suchend bewegte sie den Arm hin und her. Schließlich erschien ihre Hand wieder. Sie hielt eine Plastiktüte. Inés stieg von dem Hocker, öffnete die Tüte und holte ein vergilbtes Kleid hervor, das einmal weiß gewesen war. Lalis Kommunionskleid. Sie warf es auf den Boden. Ebenso die dazugehörige Haube, das Körbchen für die Heiligenbildchen, einen Rosenkranz. Als Nächstes zog sie einen Handschuh aus der Tüte. Sie kontrollierte, ob es der rechte war. Nur mit Mühe konnte sie ihn überziehen. Er war klein und im Lauf der Jahre ganz steif geworden. Sie packte hastig alles wieder zusammen und ging zurück in ihr Zimmer. Den Handschuh ließ sie an. Sie ging direkt zu Ernestos Nachttisch, holte die Pistole heraus, die einst Alicia gehört hatte. Und die Patronen, die einst in der Pistole gesteckt hatten. Sie füllte das Magazin wieder auf. Mit der rechten Hand hielt sie die Pistole, ganz vorsichtig und leicht, damit Ernestos Fingerabdrücke nicht verwischt wurden. Die linke, die sie mit einem Taschentuch umwickelt hatte, brauchte sie zum Einfüllen der Patronen. Dann tat sie alles in ihre Handtasche, die geladene Pistole, das Taschentuch und zuletzt den Handschuh. Anschließend suchte sie in ihrem Schrank nach dem sandfarbenen Kleid, das sie an dem Tag getragen hatte, als sie in Alicias Wohnung war. Sie fand es passend, die Geschichte so zu beenden, wie sie sie begonnen hatte. Also zog sie das Kleid an. In der Tasche war ein schwerer Gegenstand. Sie steckte die Hand hinein: Es war der von Alicia beschriftete Schlüsselbund, den sie in der Schreibtischschublade in Ernestos Büro gefunden hatte. Sie zog die Hand zurück. Auf keinen Fall wollte sie die Schlüssel dalassen.

Dann lief sie die Treppe hinunter, warf die Haustür hinter sich zu und ging weg, ohne abzuschließen.

Buenos Aires, fünfundzwanzigster September 2001. Vor dem unterzeichneten Ermittlungsrichter und Schriftführer erscheint ein spontaner Zeuge, dem daraufhin die folgende ZEUGENAUSSAGE abgenommen wird. Der vernehmende Richter fordert von dem Zeugen zunächst die Ableistung eines Eides, in Bezug auf alles, was er kundtun, wie auch, wonach er gefragt werde, nach bestem Wissen die Wahrheit zu sagen. In diesem Zusammenhang werden dem zu Vernehmenden die Bestimmungen des Strafgesetzbuches für den Fall einer wissentlichen Falschaussage vorgetragen, deren Kenntnisnahme vom Betroffenen bestätigt wird. Ebenso wird der zu Vernehmende über sämtliche ihm zustehenden Rechte informiert, insbesondere nach Art. 79, 80 und 81 StGB, welche dem Betroffenen in Gänze vorgetragen werden.

Auf die Frage nach den Personalien gibt der Zeuge als Name an ALBERTO GARRIDO, was er durch Vorlage seines ordnungsgemäß ausgestellten Personalausweises, Nr. 12.898.610, belegt. Von Beruf ist der Zeuge Barkellner; geboren am 6. März 1960 in Buenos Aires als Sohn der Eheleute Enrique Garrido und Elena González; Ehestand: geschieden; derzeitige Adresse: Calle Yatay 2341, Buenos Aires.

Dazu aufgefordert, alle ihm im Zusammenhang mit der infrage stehenden Angelegenheit bekannten Tatsachen darzulegen, äußert der Zeuge: »Ich habe mich am Morgen des heutigen Tages im Kommissariat 31 eingestellt und bin von dort an das hiesige Gericht verwiesen worden, um eine für die betreffende Angelegenheit wichtige Aussage abzulegen.

Am Tag des Verschwindens von Frau Alicia Soria bediente ich in der Bar eine sehr nervöse Dame, die ein sandfarbenes Kleid trug; diese war zuvor aus dem Wohnhaus der erwähnten Alicia Soria gekommen und verfolgte nun in verdächtiger Weise das Kommen und Gehen vor ebendiesem Gebäude. Ich erinnere mich so genau an die Betreffende, da mir auffiel, dass sie Haushaltshandschuhe trug.« Die Frage des vernehmenden Richters »Aus Gummi?« beantwortet der Zeuge mit »Ja«. Auf die Frage nach der Identität der Frau äußert der Zeuge: »Sie war mir bis vor Kurzem nicht bekannt, doch gestern äußerte einer der Stammkunden des Lokals, Herr Ernesto Pereyra, während er ein Getränk zu sich nahm, unvermittelt seine Sorge, der einzige Verdächtige eines Verbrechens zu sein, das er aber nicht begangen habe, sowie seine Befürchtungen und Unruhe hinsichtlich der Möglichkeit, seine Ehefrau Inés Pereyra könne womöglich in den bedauernswerten Vorfall verwickelt sein; aufgrund der engen Beziehung und Wertschätzung zwischen den beiden, die einen bei seit vielen Jahren Verheirateten nicht wundern könne, fühle er sich jedoch außerstande, sich an die Justizbehörden zu wenden und seinen Verdacht zu äußern. Er zeigte mir ein Foto, das er angeblich immer bei sich trägt, und die Frau darauf war hundertprozentig identisch mit der, die ich am Tag von Alicia Sorias Verschwinden gesehen hatte.« Auf die Frage, weshalb er sich nicht schon früher mit den Justizbehörden in Verbindung gesetzt habe, um eine Aussage zu machen, legt der Zeuge dar: »Manchmal urteilt man doch, ohne genau Bescheid zu wissen, und ich hatte Angst, jemanden in die Sache hineinzuziehen, der gar nichts damit zu tun hat, nur weil er nervös ist beziehungsweise sich komisch benimmt. Als Herr Pereyra aber von seinen Befürchtungen erzählte und mir das Foto zeigte, sagte mir mein Gewissen, nun müsse ich mich doch zur zuständigen Behörde begeben und meine Meinung kundtun, und für den Fall, dass ich mich getäuscht haben sollte, würde die Justiz sich schon darum kümmern, den Irrtum aufzuklären.« Auf die Frage des vernehmenden Richters, ob er seiner Aussage noch etwas hinzuzufügen, etwas wegzulassen oder etwas zu berichtigen habe, antwortet der Zeuge mit »Nein«, womit die Vernehmung nach Verlesung der vorliegenden Niederschrift und Beglaubigung selbiger mittels Unterzeichnung durch den Zeugen und den vernehmenden Richter für beendet erklärt wird.

35

Ich bestieg einen Bus Richtung Zentrum. Ich fahre nicht gern Auto, erst recht nicht, wenn ich nervös bin. Und ich war nervös, warum sollte ich das bestreiten? Innerlich kochte ich. Ich setzte mich auf den vordersten Sitzplatz und sah zum Fenster hinaus. Ich versuchte, mich zu beruhigen. Zunächst, indem ich wiederholt tief durchatmete. Warum nur hatte ich mit den Yogastunden aufgehört? Die Ampel an der Kreuzung Cabildo/Juramento war kaputt. Bäume, Autos, Häuser. Ich spielte mit Alicias Schlüsselbund herum. Die Yogalehrerin machte mich nervös, weil sie zu viel redete. Mit ruhiger Stimme, langsam, vom inneren Licht, der Mutter Erde, aber zu viel. Der Bus fuhr an einer Gruppe von Teenagern in Schuluniform vorbei. Es waren vier oder fünf. Ich musste an Lali denken. Für sie würde es nicht einfach sein. Sie hatte die ganze Zeit wie unter einer schützenden Glasglocke gelebt. Von den häuslichen Problemen hatte sie nie etwas mitbekommen. Von ihrem Herrn Papa vor allem Übel beschützt, welche Ironie. Und plötzlich brach diese ganze Welt in sich zusammen. Das heißt, sie war längst zusammengebrochen. Das Schlimme war, dass es sie mitten am Kopf treffen konnte. Na gut, so ist das Leben. Mich hatte es auch am Kopf getroffen. Sie würde daran reifen müssen, etwas anderes blieb ihr nicht übrig. Dann bekam sie es also eingeprügelt, wie wir anderen auch, zu unserer Zeit. Bäume, Häuser, Autos. Wie damals, als Papa auf

Nimmerwiedersehen verschwand. Man denkt, man hat alles, was man braucht, und dazu eine ideale Familie, und von einem Tag zum anderen ist alles futsch. Ich weiß nicht, ob sie damit fertig wird. Ich fürchte, nein. Aber im Moment konnte ich nicht darüber nachdenken. Ich musste jetzt endlich einmal an mich selbst denken. Wäre ja auch noch schöner. Eine Lippenstiftreklame, Autos, Häuser. Rot, gelb, grün. Alicias Schlüsselbund in meiner Tasche. In der Handtasche die Pistole. Innerlich wiederholte ich mir, wie ich vorgehen würde. Trotz Lali. Ich holte das Schaubild aus der Handtasche. Die Pistole rührte ich nicht an. Erstens, Geldautomat. Darauf richtete ich meine ganze Aufmerksamkeit. Bäume, Häuser, Autos. Erstens, Geldautomat. Danach würde ich an den nächsten Schritt denken. Und an den übernächsten. Und an den danach. Immer schön eins nach dem anderen. Autos, Häuser. Leute, die umherliefen. An ihn wollte ich nicht denken. Nicht an Ernesto. Straßenecken von Buenos Aires, Hupen. Erstens, Geldautomat. Ich war da. Ich wollte hinten aussteigen. Wie es sich gehört. Der Signalknopf funktionierte nicht. Ich rief nach vorne, zum Fahrer. Der Fahrer schrie zurück. Ich beschimpfte ihn trotzdem nicht, weil das nicht mein Stil ist, sonst hätte ich ihn bestimmt beschimpft. Ich lief los, stieß mit jemandem zusammen, wurde von anderen angerempelt. Leute, viele Leute. Auf der anderen Straßenseite war ein Geldautomat zu sehen. Ich überquerte die Straße. Ich wartete, bis ich an der Reihe war. Die Leute vor mir schienen alle Zeit der Welt zu haben, zumindest taten sie so. Aber was wussten sie auch schon? Ich wurde ungeduldig. Endlich war ich dran. Ich fragte den Kontostand ab. Fast zehntausend Dollar. Ich wollte alles abheben, aber mehr als sechshundert Pesos war nicht möglich. Die hob ich auf jeden Fall ab. Zweitens, Schritt eins so oft wie möglich wiederholen. Das versuchte ich, sobald ich vor dem nächsten Geldautomaten stand. Aber ich bekam nur den Hinweis, der Vorgang sei nicht zulässig, an diesem Tag könne ich nicht noch mehr Geld abheben. Das wusste ich nicht, ich hob nie Geld am Automaten ab. Ich ließ mir am Monatsanfang von Ernesto Geld geben und sah, wie ich damit zurechtkam. Natürlich hatte ich auch noch das Geld von meinem Sparkonto, mein »Sparschwein«, das als unauffällige Mauernische in der Garage begonnen hatte. Aber das wollte ich nicht anrühren – falls einmal wirklich schwierige Zeiten kämen. Für alle Fälle versuchte ich es an noch einem Geldautomaten. Mit dem gleichen Ergebnis. Da ging ich direkt auf die Bank. Ernestos Bank natürlich, nicht meine. Ich hätte es lieber nicht getan, aber ich hatte keine andere Wahl. Ich stellte mich am Ende der Schlange an und wartete. Warum ist man immer der Einzige, der es eilig hat? Als ich endlich dran war, sagte ich, ich wolle das Konto von Ernesto Pereyra und/oder Inés Lamas auflösen. Der Bankangestellte fragte, ob ich die Vollmacht für das Konto hätte. Ich sagte Ja. Aber er sah nach und sagte dann, Ernesto müsse gegenzeichnen. Ich sagte, wie schade, er sei nämlich gerade verreist. Da könne man nichts machen, sagte der Angestellte darauf. Ich sagte, ich brauchte das Geld, weil ich die Operation meiner Mutter bezahlen müsse. Eine wenig überzeugende Notlüge. Aber mir fiel in dem Moment nichts Besseres ein. Ich fing an zu weinen. Auf den Bankangestellten schien meine Lüge Eindruck zu machen. Er sagte, ich solle bitte aufhören zu weinen, wenn es nur um das Geld gehe, solle ich es doch einfach abheben. Ich sagte, wie denn, wenn mein Mann nicht unterschreiben könne? Er sagte, die Unterschrift meines Mannes sei nur nötig, um das Konto aufzulösen, nicht, wenn ich bloß Geld abheben wolle. Da dachte ich, wenn ich eine Bank leiten würde, würde ich als Erstes eine derart schwachsinnige Vorschrift ändern, aber den Angestellten lächelte ich an und bat darum, den Vorgang so schnell wie möglich zu erledigen – schließlich gehe es um das Leben meiner Mutter. Der Angestellte ging in sein Büro; er kam sich ungeheuer wichtig vor. Allerdings müsse ich wenigstens hundert Pesos auf dem Konto lassen, sagte er noch, das sei Vorschrift. Das leuchtete mir ein. An der Kasse bekam ich schließlich alles ausbezahlt. Ich ging auf die Toilette und versteckte das Geld. Einen Teil steckte ich mir ins Mieder, einen anderen unter den Rock, den Rest tat ich in die Handtasche. Die Scheine waren ganz neu und entsprechend rutschig. Ich ging aus der Bank. Als Nächstes betrat ich ein Kleidungsgeschäft und kaufte mir Jeans und eine schwarze Lederjacke. Ich zahlte bar. Ich ließ mir das sandfarbene Seidenkleid einpacken und zog stattdessen die neuen Sachen an. Die Tüte mit dem Kleid deponierte ich im nächsten Mülleimer. Schade drum. Ich betrat eine Telefonzelle, rief aber nirgendwo an, sondern nahm mir nur das Branchenbuch vor. Ich schlug bei »Autovermietungen« und »Perücken« nach. Das betraf Schritt drei und vier meines Plans. Da fiel mir ein, dass Alicias Schlüsselbund noch in der Tasche des sandfarbenen Kleids im Mülleimer steckte. Aber das war jetzt egal, ja, es war sogar besser so, auf diese Weise war ich das makabre Souvenir los. Die nächste Autovermietung war drei Querstraßen weit entfernt, das nächste Perückengeschäft zwanzig, aber die Perücke brauchte ich zuerst. Ich nahm die U-Bahn. Damit kam ich zwar nicht in die unmittelbare Nähe des Geschäftes, aber wenn ich den Bus genommen hätte, hätte ich erst einmal herausfinden müssen, welcher in die passende Richtung fuhr. Und ein Taxi, nein, auf keinen Fall – »Wozu unnötig Geld vergeuden?«, wie Mama gesagt hätte. Als ich bei dem Perückenladen ankam, betrat vor mir gerade eine Frau das Geschäft. Sie wollte Haare von sich verkaufen. Für Naturhaarperücken. Die Angestellte hatte Interesse daran und rief die Geschäftsführerin. Minutenlang unterhielten sie sich über den Preis. Ich war ungeduldig, fand es andererseits aber auch ganz witzig. Noch nie hatte ich erlebt, dass jemand sein eigenes Haar verkaufte. Sie verhandelten immer noch, die Frau stellte klar, dass ihr das Angebot eigentlich zu niedrig war, zuletzt ließ sie sich aber auf den Preis ein. Dann verließ sie den Laden. Ich war an der Reihe. Ich wählte eine kastanienbraune Perücke mit schulterlangem, glattem Haar. Typisch Argentinierin. Obwohl eigentlich alle Argentinierinnen blond sein wollen. Oder wenigstens blond aussehen. Deswegen lassen wir uns die Haare tönen, bleichen unsere Augenbrauen, ja vergessen manchmal sogar, dass unser Haar früher anders aussah. Blondinen aus bloßer Angeberei. Herbe Blondinen. Blondinen aus Eifersucht. Blondinen wie ich. Ich zog mir die Perücke über. Sie stand mir gut. Es gab auch eine prachtvolle dunkelbraune, fast schwarze, mit langem glattem Haar. Wie das von Charo. Ich probierte sie nur zum Spaß – wer weiß, wie bald ich wieder die Gelegenheit hätte. Ich ließ die Haare über die Schultern fallen. Genau wie sie. Charo würde man ihr Haar bestimmt abkaufen. Ich ließ die Perücke gleich an. Die kastanienbraune. Die so ist, wie ich bin, aber nicht sein will. Die typisch argentinische. Durch das Schaufenster sah ich zu, wie die Verkäuferin die dunkelbraune Perücke wieder auf dem weißen Styroporkopf in der Vitrine drapierte. Sorgfältig legte sie die einzelnen Strähnen zurecht, sodass sie möglichst gut zur Geltung kamen. Der Kopf stand im Zentrum der Vitrine. Alle übrigen Perücken fielen dagegen ab. Als existierten sie nicht. Nicht einmal die blonden. Ich fuhr mit der U-Bahn weiter zu der Autovermietung. Ich betrat das Büro. Ich setzte mich auf einen Stuhl und wartete, dass der einzige Angestellte, der zu sehen war, mit einem Mann fertig wurde, der offensichtlich Ausländer war. Es war heiß, und auf dem abgewetzten Kunstleder des Stuhls fingen meine Schenkel an zu schwitzen. Bald war ich ganz durchnässt. Und nervös. Von der Perücke wurde das Ganze nicht besser. Es juckte mich am Kopf, aber mich einfach zu kratzen, kam mir unanständig vor. *Die Schuhe drücken, die Strümpfe sind viel zu warm ...* Weshalb fängt man in solchen Momenten an, die Kontrolle über die eigenen Gedanken zu verlieren? *Und der Typ da drüben ...* Endlich verschwand der Ausländer, und ich baute mich vor dem Tisch des Angestellten auf, noch bevor der mich hatte rufen können. Ich sagte, ich wolle einen Wagen. Den billigsten, den sie hatten. Der Mann schlug mir einen vor. Ich fragte, welche Farbe er habe. Rot. Ich lehnte sofort ab, es musste ein graues Auto sein. Stinknormal, so wie sie in Buenos Aires an jeder Ecke zu sehen sind. Genau wie die kastanienbraune Perücke. Es gab eins. Ohne Klimaanlage. Das war mir egal – als ob es zu diesem Zeitpunkt darauf angekommen wäre! Ich mietete es. Ich zahlte bar. Der reinste Diebstahl, wer hierzulande ein Auto mietet, lässt sich unweigerlich ausplündern. Als ich dachte, wir seien fertig, bat mich der dämliche Angestellte noch, einen Garantiegutschein der Kreditkarte zu unterschreiben. Das gefiel mir nicht. Ich wollte keine Spuren hinterlassen. Weswegen hatte ich denn bar bezahlt? Ich sagte Nein. Eine Weile stritten wir herum. Stimmt nicht: Mit Idioten kann man nicht streiten. Ich hatte eben noch nie ein Auto gemietet. Na und? »Das ist Vorschrift«, sagte der Mann und fügte hinzu: »Dafür kann ich nichts.« – »Dafür kannst du mich kreuzweise!«, giftete ich ihn an, von irgendwelchen diplomatischen Finessen hatte ich endgültig die Schnauze voll. Ich hätte den Mann umbringen können. Trotzdem unterschrieb ich den Gutschein und bekam dafür die Schlüssel und die Papiere. Ich ging ins Tiefgeschoss und bestieg den Wagen. Bevor ich losfuhr, entfernte ich alle sichtbaren Kennzeichen der Autovermietung und warf sie aus dem Fenster.

Ich schob mir vor dem Rückspiegel die Perücke zurecht.

Und los ging es.

36

Fotokopie aus einer in Spanien erschienenen Sammlung von Beiträgen zum 12. Landeskongress für Angewandte Psychologie im Jahr 1995. Der ausgewählte Beitrag hat den Titel: »Einführung in die Daktylo-Psychologie. Probleme der Klassifizierung psychischer Eigenschaften«. Als Autoren firmiert eine Gruppe spanischer Psychiater. Die Kopie befand sich im Handschuhfach des von Inés Pereyra gemieteten Wagens. Sie weist keine Anmerkungen auf.

L'uomo delinquente. So lautet im Original der Titel eines von dem Italiener Cesare Lombroso veröffentlichten Werkes. Lombroso, ein ehemaliger Militärarzt, untersuchte während seiner Zeit als Leiter der Geistesheilanstalt von Pesaro über sechstausend Menschen, die Verbrechen begangen hatten, und stieß dabei auf bestimmte – angeblich immer wieder auftretende – Charaktermerkmale und physische Eigenschaften.

Für Lombroso wies der typische Kriminelle einen breiten Kiefer, große Ohren, lange Arme und hohe Wangenknochen auf. Gemäß Lombrosos Untersuchungen hatten Brandstifter für gewöhnlich kleine Köpfe. Betrüger waren oft kräftig und hatten einen breiten Kiefer und hohe Wangenknochen. Taschendiebe hatten lange Arme, waren im Allgemeinen hoch gewachsen und dunkelhaarig.

Es gab noch andere Untersuchungen in dieser Richtung.

Der Wiener Arzt Franz Josef Gall entwickelte eine Theorie über die »Phrenologie«, die seinerzeit weithin Anerkennung fand. Dieser Theorie zufolge ließen sich aufgrund der Schädelform eines Menschen Aussagen über dessen Charakter machen. Für Gall war alles, was mit Heim und Familienbildung zu tun hatte, im hinteren Teil des Schädels konzentriert; die intellektuellen Fähigkeiten im Stirnbereich; Großzügigkeit im oberen Bereich und Egoismus resp. Egozentrik an den Seiten. Die Anhänger dieser Theorie unterschieden mehr als vierzig typische Merkmale und behaupteten, es genüge, einen Schädel gründlich zu vermessen, um zu wissen, ob man es mit einem hartnäckigen Trinker, zwanghaften Spieler oder einem gewöhnlichen Räuber zu tun habe.

Lombrosos und Galls Theorien wurden nach und nach von der Realität widerlegt. Dennoch, und obwohl sich ihre Beweismethoden als unhaltbar erwiesen, begegnet man ihren Kernaussagen bis zum heutigen Tage. Neben Psychoanalytikern versuchen nicht bloß in der Rechtsmedizin tätige Menschen, sondern auch interessierte Laien, weiterhin Grundmuster zu bestimmen, welche Rückschlüsse darüber zulassen, wer als potenzieller Verbrecher zu betrachten sein könnte und wer nicht. Oder als potenzieller Mörder.

Am erstaunlichsten daran ist vielleicht, dass es weniger darum geht, diese Anlage womöglich im anderen zu entdecken, als vielmehr in einem selbst.

Es geht um die Gewissheit, ausschließen zu können, dass man sich jemals in eines dieser kleinen Ungeheuer verwandeln könnte.

37

Ich fand einen geeigneten Parkplatz, ungefähr zwanzig Meter vor dem Eingang zu dem Gebäude von Ernestos Büro, an der Ecke, auf derselben Straßenseite. Kurz vor der Garagenausfahrt. Ich setzte mir eine Sonnenbrille auf, die ich auf dem Weg von Geldautomat vier zu Geldautomat fünf an der Straße gekauft hatte. Eine billige schwarze Berreta. Ich wartete. Dabei dachte ich an Lali. Sie würde nicht damit fertig werden. Ich schaltete das Radio ein und suchte nach einem Sprecher mit lauter Stimme, der am besten unaufhörlich redete. Einer, der mich an nichts denken ließ, nicht einmal an das, wovon er selbst sprach. Schließlich fand ich genau so einen. Ich stellte so laut, wie es meine Kopfschmerzen zuließen. Und wartete. Ich spürte, dass mir die Füße einschliefen, und fing an, sie kreisförmig zu bewegen. Fünfzehnmal rechtsherum. Fünfzehnmal linksherum. Mir fiel die dunkelbraune Perücke wieder ein, die mit dem weichen, langen, glatten Haar. Nochmals fünfzehn Drehungen rechtsherum. Vier linksherum – da öffnete sich das Garagentor. Ein Auto fuhr heraus. Ich hob vorsichtig die schwarze Brille an, um sicherzugehen: Es war nicht Ernesto. Ich schaltete das Radio aus. Schaltete es wieder an. Suchte nach Musik. Blieb bei einem langsamen, alten Schlager hängen. Er erinnerte mich an ich weiß selbst nicht was. Es war schrecklich. Fast hätte ich angefangen zu heulen. Aber als mir die ersten Tränen in die Augen traten, schaltete ich zurück zu dem geschwätzigen Radiosprecher und drehte wieder voll auf. Aus dem Haupteingang kamen die Empfangsdame, der Personalchef, zwei Lehrlinge. Die Empfangsdame ging auf die Stelle zu, wo ich parkte. Ich setzte mir die Sonnenbrille wieder auf. Sie ging an mir vorbei, sah mich aber nicht einmal an. Wieder öffnete sich das Garagentor. Ein Lieferwagen. Blau, wie Ernestos Auto. Welche Marke weiß ich nicht, von Automarken habe ich keine Ahnung. Aber es war ein Lieferwagen, kein PKW. Da war ich mir sicher. Ich rückte mir die Perücke zurecht, schob sie ein wenig nach rechts. Wie schön die dunkelbraune Perücke gewesen war! Eines Tages vielleicht ... Schon wieder ging das Garagentor auf. Diesmal war er es. AVE 624. Ernesto Pereyra. Mein Mann. Noch mein Mann. Ich startete meinen Mietwagen und fuhr hinter ihm her. Langsam. Ernesto fuhr sehr langsam. Dabei ließ er den Ellbogen zum Fenster hinaushängen. Als hätte sich nichts auf der Welt verändert. Bei der ersten Ampel blinkte er. Ich tat es ihm nach. Das war nicht der Weg nach Hause. Kein Wunder, weshalb sollte er auch nach Hause wollen? Weshalb sollte er mir sein ganzes Leben lang treu sein? Weshalb sollte er mich Charo vorziehen? Zwei Querstraßen weiter parkte er gleich nach der Kreuzung. Ich konnte keinen Platz zum Parken für mich entdecken. Ich wollte mich aber nicht von ihm entfernen, also hielt ich in einem gewissen Abstand in zweiter Reihe. Ich schaltete das Warnblinklicht an. Ich schaltete es wieder aus, bloß keine Aufmerksamkeit erregen. Einige Minuten verstrichen. Fünf. Zehn. Ich sah, wie Ernestos Arm außerhalb des Fensters jemanden begrüßte. Ich sah in die Richtung seiner Bewegung. Charo überquerte die Straße und kam auf ihn zu. Die Ampel sprang auf Gelb, und sie ging schneller. Sie lief fast. Dabei hüpften ihre Brüste unter dem weißen T-Shirt. Ich musste an das Sektglas denken. Ich stellte mir vor, wie ihre Brüste von einem Paar solcher Kelche angesaugt wurden. Fast hätte ich lachen müssen. Sie küsste ihn. Charo Ernesto. Durch das offene Autofenster, dann ging sie um das Auto herum und stieg ein. Ernestos Auto setzte sich in Bewegung. Der Mietwagen desgleichen. Immer schön hinterher. Mit Sicherheitsabstand. Sie unterhielten sich. Ernesto und ich, wir unterhielten uns nie, wenn wir zusammen im Auto unterwegs waren; jeder war mit seiner Sache beschäftigt, Ernesto konzentrierte sich auf den Verkehr, ich genoss die Landschaft. Sie bogen in den Hof eines Stundenhotels in der Calle Monroe ein. Ernesto und Charo. Ich fuhr daran vorbei und anschließend einmal um den Block. Dann noch einmal an dem Hotel vorbei und nochmals um den Block. Ich suchte nach einem Parkplatz. In der Nähe, aber nicht zu nah. Ich entschied mich für eine ruhige Nebenstraße, parallel zur Calle Monroe, drei Querstraßen entfernt. Ich parkte vor einem Ziegelhaus mit weißen Fensterläden. Das Holz benötigte dringend einen Neuanstrich. Mit der Handtasche unterm Arm stieg ich aus und ging zu dem Hotel. Ich betrat die Rezeption, aber der Mann hinter der Theke sagte, Frauen ohne Begleitung hätten keinen Zutritt. Ich sagte, ich brauchte ein Zimmer zum Masturbieren. »Nein, tut mir leid«, antwortete der picklige Typ. Ich ging wieder hinaus. Ich sah mich nach jemandem um, mit dem ich hineingehen könnte. So ein Schwachsinn. Ich verwarf die Idee sofort. Manchmal läuft man aus dem Ruder und kommt auf die verrücktesten Gedanken. Oder Taten. Nein, jemanden mit hineinzunehmen, war wohl kaum die richtige Lösung. Ich ging zum Hotelparkplatz. Niemand sah mich. Ich suchte nach Ernestos Auto. Ich probierte aus, ob es abgeschlossen war. Es war abgeschlossen. Schritt sechs und sieben meines Schaubildes standen mir klar vor Augen, ich wusste bloß nicht, wie ich sie umsetzen sollte. Ich überlegte. Eine ziemliche Weile. Da fiel mir etwas ein, vielleicht nicht die beste Lösung, aber immerhin. Ich ließ die Luft aus einem der Vorderreifen. Schon fühlte ich mich ruhiger. Mein Aktionsplan war angelaufen und würde hoffentlich auch funktionieren. Ich setzte mich zwischen dem Kofferraum von Ernestos Wagen und der Wand auf den Boden und wartete. Ich dachte an Lali und dass sie nicht damit fertig werden würde. Ich dachte an meine Mama und dass sie stolz auf mich wäre. Ich dachte an Ernesto und versuchte sofort, nicht mehr an ihn zu denken. Es bekam mir nicht. Er war es nicht wert, das Dreckschwein. Ich wartete. Ich zog mir den Handschuh über. Ich wartete. Ich hörte Schritte. Ich wusste, das waren sie. Aber ich zeigte mich nicht. Ich öffnete die Handtasche.

Ernestos Schuhsohlen schleiften ganz in meiner Nähe über den Beton. Ernesto mit seiner Art, beim Gehen die Füße schleifen zu lassen … Dabei nutzten sich regelmäßig die Absätze ab, von außen nach innen. Ernesto öffnete Charo die Tür. Sie setzte sich und drehte das Fenster hinunter. Ich konnte sie bloß hören, wusste aber in jedem Moment, was sie machten. Nach zwanzig Jahren wusste ich Bescheid. Ernesto lief vorne um das Auto herum zur Fahrertür. Dann sagte er »Verfluchter Mist« und trat gegen den platten Vorderreifen. Er zog die Jacke aus und warf sie auf seinen Sitz, schmiss die Tür zu und ging zum Kofferraum. Ich bewegte mich nach vorne. Gebückt. Die Kofferraumklappe ging auf und verdeckte Ernesto. Ich wusste, dass er mindestens zwei Minuten benötigen würde, um den Ersatzreifen herauszuwuchten. Ernesto erledigt solche Arbeiten mit großer Sorgfalt und Umsicht. Ich richtete mich auf. Vor Charos Fenster. Das früher mein Fenster gewesen war. Der Kofferraumdeckel entzog mich Ernestos Blick. Sie sah mich an. Ich genoss diesen Augenblick. Ich zielte auf sie. Trotz ihrer Titten und ihrer pechschwarzen Haare hatte sie Angst. Sie hatte Angst und konnte nicht einmal schreien. Ich drückte ab, und ein perfektes kreisrundes Loch erschien auf ihrer Stirn. Das Blut schoss hervor. Ich warf die Pistole mit Ernestos Fingerabdrücken auf den Rücksitz und rannte davon. Ich wusste, dass Ernesto erst nach einigen Sekunden reagieren würde, plötzlicher Schreck lähmt ihn. Wie damals, als ich ihm sagte, dass ich schwanger war. Vor siebzehn Jahren. So ist er, diese Dinge ändern sich nicht, auch wenn man mit einer fünfzehn Jahre jüngeren Frau unterwegs ist.

Ich sah mich nicht um.

Wahrscheinlich hat Ernesto mich gesehen. Eine fliehende Frau. Den Rücken einer Frau mit kastanienbraunem, glattem, schulterlangem Haar.

38

»Name und Vorname?«

»Laura Pereyra.«

»Alter?«

»Siebzehn Jahre.«

»Ich werde die Behörden benachrichtigen müssen.«

»…«

»Name des Vaters?«

»Mein Kind hat keinen Vater.«

»Und du? Wo wohnen denn deine Eltern?«

»Ich hab keine.«

»Soll das heißen, du bist ganz allein auf der Welt?«

»Nein, ich habe eine Tochter.«

»Ich werde die Behörden informieren müssen.«

»Mach, was du willst.«

»Soll ich irgendjemandem Bescheid sagen?«

»Wolltest du nicht die Behörden benachrichtigen?«

»Wie du willst, wenn dir sonst an niemandem liegt.«

»…«

»…«

»Warte mal, kannst du dir eine Telefonnummer aufschreiben?«

»…«

»…«

»Also gut.«

»Acht zwei fünf, acht drei acht drei.«

»Acht drei, acht drei.«

»Sag ihnen, dass Guillermina da ist.«

»Okay.«

»...«

»...«

»Danke.«

»...«

»...«

»Ist hübsch, die Kleine, was?«

»Ja, superhübsch.«

»Wem sieht sie denn ähnlich?«

»Zum Glück niemandem.«

39

Ich laufe die Calle Monroe entlang und höre immer noch Ernestos Schreie. Bei der dritten Querstraße ist dann auch die Polizeisirene zu vernehmen. Ich bin ganz ruhig. Zum ersten Mal seit vielen Monaten bin ich ruhig. Die Sonne scheint mir ins Gesicht und blendet mich. Irgendwo habe ich die schwarze Sonnenbrille verloren. Das Wetter ist herrlich. An so einem Tag kann mir nichts Schlimmes passieren. Keine Ahnung, wie die Geschichte ausgeht. Man weiß ja nie. Ich denke, sie werden mich finden. Kein Mensch kann ein Leben lang fliehen, so viele Perücken er sich auch aufsetzt. Über kurz oder lang geht man seinen Verfolgern doch in die Falle. Aber ich bin ganz ruhig. Innerlich ganz ruhig, darauf kommt es an. Ich bleibe bei einer Telefonzelle stehen und rufe Mama an. Wie immer überschüttet sie mich sofort mit Vorwürfen. Sie lässt mich nicht zu Wort kommen. Ich unterbreche sie, ich weiß selbst nicht wie, aber es gelingt mir. Ich erzähle ihr alles, aber sie glaubt mir nicht. Das traut sie mir nicht zu. Ich erreiche, dass sie verspricht, sich um Lali zu kümmern. Das war das Einzige, was noch zu tun blieb. Jetzt bin ich sehr erleichtert. Trotz ihrer vielen Fehler wird es Mama gelingen, Lali das Gefühl zu geben, dass sie immer noch eine Familie hat, da bin ich mir irgendwie sicher. In einem so schwierigen Alter wie dem von Lali ist das ungeheuer wichtig. Was Ernesto und mich betrifft – mit unserer Ehe ist natürlich Schluss. Diesmal gibt es kein Zurück. Jeder wird versuchen, seine Trümpfe auszuspielen, um so gut es geht aus der Sache rauszukommen. Auch in der Hinsicht bin ich ruhig. Die Justiz mag zwar blind sein, trotzdem habe ich dafür gesorgt, ihr eine Brille aufzusetzen. Vielleicht haben die Gläser nicht die richtige Stärke, vielleicht sieht sie das Ganze so ein wenig verzerrt, aber insgesamt ist es doch besser als nichts. Höchstwahrscheinlich werde ich für das Verbrechen an Alicia zur Rechenschaft gezogen und Ernesto für das an Charo. Sechstens: sie umbringen; siebtens: Ernesto die Schuld zuschieben. Ich zerreiße mein Schaubild in tausend Stücke und werfe sie in die Luft. Der Wind trägt sie in alle Richtungen. Wer wen umgebracht hat, ist eigentlich egal. Beide haben wir jemanden umgebracht. Sind etwa nicht alle Menschen gleich? Ist der eine mehr wert als der andere? Die Dinge haben sich geklärt. Vor Gericht werden wir beide zu Recht die Verantwortung für die Taten bestreiten, die man uns zur Last legt, aber keiner von uns wird behaupten können, er sei unschuldig. Im Grunde ist niemand unschuldig. Auch wenn wir alle Gottes Geschöpfe sind. Alicia, Charo, Ernesto und ich. Wen man umbringt, hat auf die Strafe letztlich wenig Einfluss. Mit der Schuld ist es etwas anderes. Alicia umzubringen, hätte ich mir niemals erlaubt. Und erst recht nicht Ernesto, immerhin ist er der Vater meiner Tochter.

Die Deine schon. Mit der Deinen ist es etwas anderes.

Lesen als Revanche

Von Claudia Piñeiro

Ich bin eine chaotische Leserin: Meistens lese ich drei oder vier Bücher gleichzeitig – ohne bestimmte Reihenfolge und ohne einem den Vorzug zu geben. Ich lese ganz einfach deshalb, weil ich es nicht lassen kann. Manchmal nehme ich mehrere Bücher mit ins Bett und erst im letzten Moment entscheide ich, welches ich jetzt lese und welche ich für den nächsten Tag aufhebe. Denn es gibt Nächte, in denen man nur eine Liebesgeschichte lesen kann und Nächte, in denen man eindeutig einen schwarzen Kriminalroman braucht. Neben meinem Bett, auf der Spiegelkommode, auf meinem Nachttisch, manchmal sogar auf dem Laken zwischen meinem Mann und mir, überall liegen Bücher. Essays, Erzählungen, Theaterstücke, Märchen, Kinderbücher. Das ausgesuchte Chaos hat eine Ordnung, die keiner außer mir begreift. Ich lese mich durch das Kapitel eines Buches und wenn ich merke, dass mich der Schlaf übermannt, lege ich das Buch weg und nehme ein anderes, darauf hoffend, dass mich der Wechsel noch einige Minuten länger wach halten wird.

Wenn ich aber in einer solchen Nacht fühle, dass mich ein Buch loslässt, dass das Band, das mich mit ihm verbunden hat, erschlafft oder sich auflöst, habe ich überhaupt keine Bedenken, es zuzuklappen und nie wieder zu öffnen. Ich unterschreibe bedingungslos die vom französischen Autor Daniel Pennac proklamierten »unantastbaren Rechte des Lesers«, das dritte ist das Recht, ein Buch nicht zu Ende lesen zu müssen. Selbstredend öffne ich sogleich das nächste Buch, in der Hoffnung, dass dieses mich bis zum Schluss fesselt. Der jugoslawische Autor Milorad Pavic´ beschreibt die Beziehung zwischen dem Leser und dem Schriftsteller mit einem Bild, mit dem ich mich – sowohl beim Lesen wie auch beim Schreiben – gut identifizieren kann: Zwischen dem Autor und dem Leser sind zwei Seile gespannt, die in der Mitte von einem Tiger festgehalten werden. Weder der Leser noch der Autor kann die Spannung lockern oder seine Position aufgeben, andernfalls frisst der Tiger ihn auf. Den einen oder den anderen.

Ich habe nicht immer so viel gelesen. Die Verzweiflung darüber, meiner Familie Zeit zu stehlen, nur um Seite für Seite in einem Buches weiterzublättern; oder die Neugier, was in der Bar jemand am Nebentisch liest; die Angewohnheit, meine Freunde über ihre letzte Lektüre auszufragen: Der Beweggrund dazu ist nicht, dass mir allenfalls ein wunderbares Buch entgehen könnte, oder der Drang, alle rund um mich mit meiner Leidenschaft anzustecken. Es ist etwas anderes, etwas, das nicht aus meiner Kindheit herrührt. An diesem Punkt meiner Überlegungen angelangt, muss ich ein politisch unkorrektes Geständnis machen: Als Kind habe ich ziemlich wenig gelesen. Es stimmt, dass ich als Kind geschrieben habe, sogar viel geschrieben habe, aber das leidenschaftliche Lesen ist erst viel später in mein Leben getreten. Als ich akzeptierte, das die Welt um mich herum nicht genügte, um mich glücklich zu machen, und ich realisierte, dass ich nicht mehr heimlich Tränen vergießen wollte, musste ich den Horizont meiner imaginären Welt erweitern. Ich war gezwungen zu lesen, um schreiben zu können. Und als ich die Freude am Lesen gefunden hatte, war ich plötzlich traurig, dass ich sie nicht schon früher entdeckt hatte, ich empfand Mitleid mit dem Kind, das ich gewesen war und das nun in diesen Texten Freunde gefunden hatte, und ich stürzte mich in die verrückte Karriere eines Lesers und versuchte, die verlorene Zeit aufzuholen.

Wieso hat mir niemand gesagt, dass diese Welt in Reichweite ist und ich sie nur noch nicht für mich entdeckt hatte? Oder hatte man es mir gesagt und ich habe nicht zugehört? Ich werde es wohl nie wissen. Was ich hingegen weiß, ist, dass ich meine Revanche erhalten habe. Deshalb schweige ich, wenn Leute sagen, dass das Lesen für all jene eine verlorene Sache ist, denen es nicht als Kind nähergebracht worden ist. Ich schweige aber nicht aus Zustimmung. Ich schweige, weil ich glaube, dass es unsere Pflicht ist, unsere Kinder möglichst früh mit der Welt der Literatur vertraut zu machen. Doch selbst wenn ein Kind diesen Anstoß nicht in dem Moment erhält, in dem es ihn brauchen würde, bin ich dennoch überzeugt, dass noch nichts verloren ist. Vielleicht hat das Schicksal für dieses Kind eine Revanche vorgesehen – wie es das für mich getan hat.

Als ich nach der Schule eine Studienrichtung wählen musste, konnte ich mich nicht entscheiden und beschloss deshalb, einen psychologischen Test zu machen – Buenos Aires ist eine der Städte mit der höchsten Psychologendichte, und um ihnen und Freud Ehre zu erweisen, zieht man sie in allen möglichen Lebenslagen zu Rate. Aus welchem Grund auch immer, der auf Berufsberatung spezialisierte Psychologe riet mir, Wirtschaftsprüferin zu werden. Gehorsam und fleißig wie ich war, schrieb ich mich an der wirtschaftswissenschaftlichen Fakultät ein und absolvierte das Studium mit Auszeichnung. Während dieser fünf Jahre waren die ökonomischen Traktate von Adam Smith und Paul Samuelson meine der Literatur am nächsten kommende Lektüre.

Aber alles kommt, wie es kommen muss. Eines Tages, während eines Fluges von Buenos Aires nach São Paulo, wo ich die abschließende Rechnungsprüfung für meine Firma machen sollte und wo mich die Revision der Inventur von Schrauben und Muttern erwartete, fühlte ich mich traurig und lustlos und hätte am liebsten grundlos angefangen zu weinen. Da stieß ich in einer Finanzzeitung auf die Ausschreibung eines Literaturwettbewerbes in Spanien. In diesem Moment hörte ich mich zu mir selbst sagen – es war wie eine Offenbarung –: »Ich bitte um Urlaub und mache das, wozu ich am meisten Lust habe: Schreiben.« Schreiben und Lesen. Nach meiner Rückkehr nahm ich tatsächlich Urlaub und schloss mich ein, um meinem Verlangen nachzugeben. Ich schrieb an einer Erzählung und las Baudelaire, um mich inspirieren zu lassen, und das Wörterbuch, um die Wörter zu finden, die mir fehlten. Von da an hatte der Weg keine Kreuzungen mehr, er führte mich fast immer geradeaus in eine Richtung: zur Literatur.

Der italienische Autor Ferdinando Camon wurde einmal gefragt, weshalb er schreibe. Seine Antwort war: »Ich schreibe aus Rache. Ich empfinde diese Rache immer noch als gerecht, heilig und ehrenhaft. Meine Mutter konnte nur ihren Namen schreiben. Mein Vater knapp etwas mehr. In dem Dorf, in dem ich aufgewachsen bin, unterschrieben die Analphabeten mit einem Kreuz. Wenn sie ein Schreiben von der Gemeinde, dem Militär oder der Polizei erhielten (niemand sonst hat ihnen je geschrieben), erschraken sie und gingen zum Pfarrer, um es sich vorlesen zu lassen. Seitdem ist die Schrift für mich ein Machtinstrument. Ich habe immer davon geträumt, auf die andere Seite zu wechseln, die Schrift zu besitzen – jedoch, um sie zum Vorteil derer zu nutzen, die sie nicht kennen, und so ihre Rache für sie zu übernehmen.« Ein bisschen etwas von dem, was Camon sagt, trifft auch auf mich zu. Nur wäre vielleicht das Wort, das ich wählen würde, »Revanche« anstelle von »Rache«. Es beinhaltet das Gefühl, dass es immer eine Chance gibt, wenn man nur daran glaubt, dass es eine Chance gibt.

In: *Nuevas Hojas de Lectura,* Nr.9, Bogotá, Kolumbien

Patrícia Melo im Unionsverlag

Gestapelte Frauen
Eine Anwältin verfolgt die Aufklärung von Frauenmorden, doch Gerechtigkeit scheint unerreichbar.

Trügerisches Licht
Ein vielschichtiges Verwirrspiel in der grellen Scheinwelt zwischen Realität und Reality-TV.

Der Nachbar
Ein Nachbar, der das Leben zur Hölle macht, kann das Monster wecken, das in uns allen schlummert.

Leichendieb
Ein Drogenfund setzt eine rasante Abwärtsspirale in Gang. Ein atemloser Roman über das Böse in uns.

Die Stadt der Anderen
Patrícia Melo reißt uns mit in ein brodelndes São Paulo und fragt, was uns als Mensch ausmacht.

»Patrícia Melo gehört zu den ganz wichtigen Stimmen nicht nur der brasilianischen Literatur.« *Culturmag*

»Souverän beherrscht die Autorin die Klaviatur der literarischen Töne vom (dominierenden) lockeren, unterhaltsamen Erzählen über reportagehaftes Beschreiben, brutalen Realismus bis zu Poesie, Ironie und beißender Satire.« *BücherRezensionen*

Mehr über Autorin und Werk auf *www.unionsverlag.com*